让日常阅读成为砍向我们内心冰封大海的斧头。

[韩]黄晳暎 著

徐丽红 译

中国友谊出版公司

目 录

导读:韩国文坛有位"太史公" / I

日暮时分 / 01

作家的话 / 177

导读：韩国文坛有位"太史公"

随着韩国文学作品译介的日益扩大和深入，越来越多的中国读者对韩国文学有了更全面、更深刻的认识。许多作品令人眼前一亮，有的作家甚至被中国读者誉为天才。其实说到"天才"这个字眼，我不由得想起了更早的人选——已经年逾八旬的韩国文坛巨匠黄皙暎。黄皙暎的作品在国内曾有零星的翻译出版，不过早期大家对韩国文学还比较陌生，关于黄皙暎的阅读和讨论也很有限，以至于难以从整体上认识这位"宝藏作家"。

我很早就读过黄皙暎的小说，最初也是通过单部作品来窥探他的文学世界。后来顺着他的年谱重新阅读，这才加深了对他的理解，不由得深深感叹，黄晳暎作家真不愧为韩国文坛的"太史公"。通过个人对历史的承受和体认，黄晳暎活化了韩国近代史，将宏大叙事转化为个体叙事，进而成为韩国文学史和社会史的宝贵财富。

1943年，黄晳暎出生于中国长春，自小与中国结下不解之缘。母亲是朝鲜人，黄晳暎两岁那年，母亲带他回到故乡平壤，暂住在外婆家，过了两年。这期间，幼小的黄晳暎迎来了朝鲜半岛惊天动地的剧变——一个半岛变成两个国家。母亲带着黄晳暎偷越国境，到了汉城（现今首尔），住在永登浦附近。刚到就读小学的年纪，朝鲜战争便爆发，黄晳暎不得不离开学校，为了生存而到处流浪。十六岁那年，还是高中生的黄晳暎开始显露出文学方面的天分，先后在景福中学校刊发表了随笔、诗歌、短篇小说等作品。1961年，黄晳暎出人意料地办理了休学，到韩国南方地区流浪了大半年，回来后便写出了短篇小说《立石附近》，一举斩获《思想界》新人文学奖。尽管当时他只有十九岁，然而篇幅不大的小说中却蕴含着无穷的力量，给人以极强的冲击力，流露出对于生命、命运的穷极思索，笔触冷静沉着，颇显老辣。

社会的动荡和青春期的激情让这个阶段的黄晳暎骚动不已。他积极参与社会运动，同时为了解决生计问题而辗转于各地工厂打工。这个过程也帮助黄晳暎深入了解底层工人的生活和精神状态，为后来的创作积攒了丰富的素材。越南战争爆发后，朴正熙政府为巩固韩美同盟，不顾国民反对而悍然出兵，1965年到1973年间，先后向越南派遣5批部队，共计32万余人次。这使得韩国在越部队常年保持在5万人左右，人数仅次于美军。[1] 正是在这样的背景下，适龄青年黄晳暎也在1966年加入海军陆战队，并于第二年赴越作战。直到1969年5月退伍，总计服役三年多，亲身经历了韩国建国以后的第一次对外军事行动。

至此，黄晳暎便完成了青年阶段的成长。自幼出生于异国他乡，童年经历惨痛的战争，颠沛流离，学业断

---

1. 参考资料：韩忠富，王勇．论越南战争与韩国国防实力增强之关系[A]，社会科学战线，2014（2）：83.

断续续，有过流浪、打工、出家、当兵的经历。这些经历既是惨痛的回忆，也是他生命中宝贵的养分，同时也为他提供了观察国家、民族、社会的窗口。后来的文学生涯中，他不断回望这段岁月，不断反刍这些经历，最终通过一部部卓尔不群的小说映射了民族的历史。

黄晳暎的文学世界磅礴而深远，几乎达到了韩国文学在深度和广度方面所能达到的极致。大致可以梳理为以下几个板块：第一，是反思朝鲜战争造成的民族分裂和对个体不可挽回的伤害，如《韩氏年代记》《客人》等；第二，是通过越南战争思考韩美关系及战后创伤，如短篇小说《塔》《骆驼眼圈》，长篇小说《武器的阴影》等；第三，是反思以"汉江奇迹"为代表的工业化、现代化造成的城乡社会的隔膜，以及乡土社会和传统文化的凋敝与消亡，如《去森浦的路》《客地》《猪梦》等；第四，是对光州民主化运动的观察和反省，如长篇小说《故园》，短篇小说《峡谷》等；第五，是对传统文化和社会的审视和再观照，如大河小说《张吉山》《沈清》《钵里公主》等；第六，是对韩国资本主义现代化进程及其前途的批判和忧虑，如《江南梦》《熟悉的世界》等。

《韩氏年代记》是黄皙暎的代表作，也是韩国文学作品当中书写朝鲜战争的名篇。主人公韩永德是平壤高等医专的高才生，毕业后在金日成综合医院的妇产科担任医生，他医术精湛而且品性善良，无法融入因战争而扭曲的权贵阶层，加之时局动荡，便独自离家南下到了韩国，却因形迹可疑遭到大邱警察署的政治审查。好不容易洗清了嫌疑，凭借精湛的医术过上了稳定的生活，却又遭到合伙人的陷害而入狱。等到稳定下来之后，韩永德和丈夫被抓走的尹女士结婚，重新组建家庭，并且生了个女儿。然而战争已经抽走了韩永德的灵魂，他像行尸走肉一样游离于社会之外，尽管有了家庭和孩子，但似乎还是无法融入新社会，只能四处流浪，勉强度日，最后孤独终老。正如鲁迅先生所说，悲剧就是将美好的东西打碎了让人看。韩永德的命运令人唏嘘，让人不禁反思战争的残酷。青年才俊韩永德原本应该拥有美好的生活，但是战争摧毁了他的家庭，也摧毁了他的人生。《韩氏年代记》发表于1972年，可以说它奠定了黄皙暎在韩国文坛的地位。他努力保持客观视角，单从人性角度反思战争的残酷。1989年，黄皙暎曾应朝鲜文联之邀秘密访问平壤，受到金日成的接见，发现了北边革命作家和南边进步作家的共同点，建议南北作家共同创办杂志，在民族统一之前先以文学为媒介实现南北双方情感的沟通。这次访问导致他在海外流亡多年，直到亲眼看见了柏林墙的倒塌，才于1993年决定回国投案，结果被判刑七年。长期的流亡和监狱生活给了黄皙暎更宏大的视野和深邃的思想，2001出版的长篇小说《客人》同样描写朝鲜战争，不仅角度与之前大为不同，其反思精神也更为深刻。主人公刘约瑟牧师回到故乡朝鲜，参观了"屠杀博物馆"，颠覆了原以为是美军屠杀信川民众的认知。原来在美军登陆仁川后的四十五天里，美军并没有进驻信川，反而是当地的左翼和右翼势力相互残杀，戕害同胞，而刘约瑟的哥哥也受蒙骗，参与了屠杀活动。黄皙暎借用韩国民间的巫俗信仰，让梦境和现实相互交织，血淋淋地揭示了战争泯灭人性，谎言覆盖真相的事实。《客人》不仅在思想上有所深化，也体现出黄皙暎在形式上对民间文化的借重，这种风格将在他后来的作品中得到加强，成为黄晳暎作品的重要特点之一。

自越战归来之后，黄晳暎很快就写出了短篇小说《塔》，并在1970年入选《朝鲜日报》新春文艺，这也是黄晳暎正式登上文坛的信号。小说中，九人小分队负责守护一座越南的古塔，遭到游击队和当地村民的猛烈攻击。付出惨重代价之后，美军却用推土机铲平了古塔，前期的付出随着塔的坍塌化为乌有。小说借用古塔的命运反思了韩国参加越南战争的意义，最终归之于虚无。黄晳暎反思了韩国军队在战场上的地位，映衬出韩美两国关系中的不对等，同时也影射美国人对于东方价值观的蔑视和无知。两年之后发表的《骆驼眼圈》着眼于战场撤退，并从精神维度描写战争对人性的戕害。越南战争在黄晳暎的精神世界里留下了深深的沟壑，自然不是几个短篇小说所能写尽的。1988年，黄晳暎出版长篇小说《武器的阴影》，更大规模地反思这场战争，并于第二年获得万海文学奖。《武器的阴影》秉持了黄晳暎一贯的怀疑精神和现实主义维度，不过也突破了过去的男性视角，转而聚焦于越南女性小安和韩国女性吴惠贞，通过她们的视角否定战争本身，反思战争对人性的异化。

20世纪60年代，朴正熙通过军事政变掌握了韩国政权，大力推动出口导向型的经济模式，促使韩国迎来经济的腾飞，跃升到"亚洲四小龙"的行列，韩国也从传统农业社会步入工业社会。对于韩国而言，这是千年未有之变局，社会财富空前增长，国际地位空前提升，然而亮丽的光环之下埋藏着层出不穷的问题。黄皙暎敏锐地捕捉到时代的痛点，先后发表了大量描写产业化题材的小说，最有代表性的当数《去森浦的路》。冰天雪地之中，年轻的流浪汉英达、刑满释放者老郑和陪酒女百花三人结伴同行，踏上去森浦的路。"说起来全世界都是苦海"，三个人都吃尽了生活的苦，渴望去到森浦疗愈身心，森浦就是他们身体的休憩地和精神的避风港。不过，森浦早已不是想象中的心灵故乡，工业化的大脚已经将这里踩得面目全非，"去森浦的路"注定是失望的路。黄皙暎举重若轻，点到为止，却又无比沉重地写出了工业化冲击之下的农村凋敝，以及在这场历史变局中韩国人精神原乡的消失。茫茫的白雪和冷酷的冬日旅程为作品笼上绝望的基调,"路"是脚下走过的路,也是社会的前途,象征着黄晳暎对于韩国未来的担忧。发表之后,《去森浦的路》深受读者欢迎,引发热烈的反响,成为韩国代表性的"旅路小说(公路小说)",不久就被著名导演郑晚熙改编为同名电影上映,被认为是韩国20世纪70年代的符号。众所周知,韩国现代化的突出特点就是因财阀的崛起导致的财富的过度集中,这使得普通民众难以分享经济腾飞的红利,反而沉沦到社会的最底层,忍受资本的剥削。这道韩国社会的难题早在20世纪70年代就已经显露端倪,黄晳暎的中篇小说名作《客地》恰到好处地反映了这个现实。一批外地来的民工聚集在工地上干活,这个工地和所有的工地都差不多,环境恶劣,工作量大,还要忍受监工们的欺压和盘剥。为了改变环境,提高待遇,大尉、东赫等年轻民工组织大家起来罢工。罢工进行得非常艰难,世态人心尽显无遗。有人只想为自己争取更多的利益,有人被资方收买,反过来破坏罢工,坚持到底的只有极少数人,抗争结果也是显而易见的——失败。《客地》既是韩国产业化进程的缩影,也呈现出黄晳暎对于人性的洞察和批判。读完小说，我们不难发现，黄皙暎对于韩国社会的基本矛盾怀着巨大的绝望，尽管小说也不可能解决这道难题，却也为高速发展的韩国社会留下了珍贵的记录。

1980年5月发生的"光州事件"是韩国现代史上不可磨灭的记忆，也是二十年经济高速发展道路上的急刹车。黄皙暎早在两年之前就已经移居光州，并且发起成立了"现代文化研究所"，通过各种方式向民众普及文化和民主意识，却因违反戒严法而被起诉。"光州惨案"发生之后，黄皙暎被当局半是劝说半是威逼地赶到了济州岛。1987年发表的《峡谷》以日记形式回顾了这段经历，对于光州事件进行了反思。"我也像老故事说的那样，跟跟跄跄地走向幽深又黑暗的峡谷。"黄皙暎深刻地指出光州事件对个体和社会造成了难以磨灭的伤痕，后来的韩国只是在幽深而又黑暗的峡谷里探寻出路。1998年，刚刚出狱的黄皙暎在《东亚日报》连载长篇小说《故园》，更深刻、更广袤地揭示光州民主化运动。主人公吴贤宇曾经参与光州民主化运动，被捕之后坐了十八年的监狱，这期间遭受了非人的折磨和虐待。

等他出狱之后，母亲已经去世，社会也发生了翻天覆地的变化。贤宇来到芦苇山，孤独地住在曾经和恋人韩允姬短暂生活过的小小庭院。小院在飞速变化的时代里维持了原貌，保留下贤宇的记忆。凭借韩允姬留下的书信、日记和画作，贤宇回忆起了曾经奋斗过的岁月。允姬则远赴德国，为贤宇生了个女儿，崭新的生命似乎抵消了岁月的虚无。"过去，我们曾历尽辛酸。现在，我们跟所有的日子都妥协和解了。亲爱的，再见了。"黄皙暎将个人经历融入小说主人公的生命，颂扬了那个时代奋不顾身地为社会进步而奋斗的青年人，和解不是遗忘，韩国社会后来的发展和进步抹不去他们奋斗和牺牲的身影。

黄皙暎对韩国的历史文化有着浓厚的兴趣和省察。1974年到1984年之间，他在《韩国日报》连载了长篇巨著《张吉山》。张吉山是朝鲜时代的大盗，与洪吉童、林巨正并称为朝鲜三大侠盗。黄皙暎参考中国古典小说《水浒传》，书写历史传奇的同时也赋予张吉山以全新的时代精神。朝鲜时代后期，因为外来文化的进入，朝鲜社会的传统文化、政治和生活都面临着巨大的冲击。张吉山便是在这种历史背景下率领民众奋起抗争，演绎出感人至深的时代悲歌。在这部长篇巨著中，黄皙暎又运用在《客人》中使用过的技巧，大量采用民间曲艺和传说，让历史在神秘和现实之间纵横回旋，写得波澜壮阔，荡气回肠。2003年，黄皙暎出版长篇小说《沈清——莲花之路》，小说主人公沈清是朝鲜历史上有名的孝女，为了让父亲复明而自愿投海而死，她的父亲也得以重见光明。小说中，黄皙暎改变了沈清的命运，让她投海之后被人救起，卖给中国茶商，改名为莲花。茶商死后，沈清又被茶商之子卖到青楼，不堪折磨的沈清密谋逃跑，却又被卖到了中国台湾基隆。后来被英国人詹姆斯带到新加坡，转卖到日本。这个过程中沈清的名字不断被更改，她也渐渐忘记了自己是谁，忘记了来时路。直到八十岁回到故乡，沈清才在寺庙供奉的孝女牌位前找回了自己的真姓名。这部小说想象奇特，结构宏大，赋予沈清全新的命运，并通过她个人的流离之路，勾勒出东亚民族现代化的艰辛进程。

　　黄皙暎对于韩国的现代化始终抱持怀疑的态度，冷眼旁观，毕竟资本主义高速发展的代价是人性的泯灭和传统的消亡。2010年，黄晳暎出版了新作《江南梦》。这部小说以1995年发生的"三丰百货大楼垮塌事件"为缘起，回溯了首尔在过去十五年间的演变史。"江南"是首尔市江南区，聚集了首都的富豪新贵以及大量的电影公司，堪称"首尔梦"的象征。黄晳暎将过去十五年称为"群狼与群狗的时代"，批判了首尔纸醉金迷的生活背后是物欲横流和社会秩序的崩溃。2011年，黄晳暎继续推出新作《熟悉的世界》。小说背景设在城乡接合部的垃圾场，通过主人公"金鱼眼"的视角，揭开城市繁荣表象之下的满目狼藉。每天都有无数的垃圾流出城市，倾泻到河口附近的垃圾场，社会最底层的人们以垃圾为生，从中捡取尚有价值的废品。金鱼眼帮着妈妈干活，意外结识了"疤头""鼹鼠"等少年，辛苦又无聊的日子终于有了星星点点的光芒。金鱼眼误打误撞地闯进了垃圾场边缘的人家，结识了杂货商爷爷和他的女儿，女儿的精神似乎不正常，却又能与柳树沟通。中秋之夜，她在柳树下虔诚地祭祀，召唤死去的亲人们回来享用美食。后来，一场大火烧光了垃圾场附近的窝棚村，也烧掉了维系着故人灵魂的柳树，杂货商爷爷的女儿被强制送进了医院，原来流连在附近的灵魂也纷纷迁徙而去。这时，金鱼眼终于明白：正是此时此刻生活在这个世界上的所有人共同制造出那么庞杂的东西——无数城市边缘到中心的房屋、建筑、汽车和河边道路、铁路桥、照明灯光，以及震耳欲聋的噪声、酒鬼的呕吐物、垃圾场、废弃物、尘土、烟雾和腐朽的臭味，还有剧毒品。但是，无数的花草仍将像往常那样冲破原野上的灰烬，冒出地面，迎风摇曳，被熏黑的树枝上终将长出嫩叶，紫芒终将长出葱绿的新芽。《熟悉的世界》延续了黄晳暎的主题风格，更像一曲献给传统生活的哀歌：眼前熟悉的世界是多么陌生，而陌生的世界才是本应熟悉的世界。

以上简单梳理了黄晳暎的文学世界，挂一漏万，只能起到管中窥豹的作用。黄晳暎的作品充满了实践性、人民性和抒情性，蕴含着强烈的忧患意识和批判意识。

他不是那种坐在书斋里遥望世界的书生，而是亲临现场，亲赴国运，感受社会变革的脉搏，进而思考民族的历史和未来。打工、坐牢、流亡、幽居，苦难的经历和曲折的命运让他和国家、民族保持历史的同步性，并以磅礴的文学世界贯穿了韩民族乃至朝鲜半岛的命运，可以说真正做到了"究天人之际，通古今之变，成一家之言"，称之为"韩国文坛的太史公"并不为过。

近年来，黄晳暎始终抱持着旺盛的创作力，不断推出新作，继续扩大自己的文学版图。他的作品也早已走出国门，被翻译成众多语种，引进到法国、美国、德国、意大利、瑞典、日本等地，赢得了广泛的赞誉，被认为是韩国文学巨匠和最有可能代表韩国文学摘取诺贝尔文学奖桂冠的作家。

中韩两国地缘上相近，文缘上相通，人缘上相亲，中国读者完全可以从黄晳暎的作品中读出"熟悉的世界"。

薛舟
2023 年 10 月 19 日

1

演讲结束了。

投影仪关掉,屏幕上的影像也消失了。

放在演讲台上的水,我喝了一半,然后朝着闹哄哄的听众走去。主题是"旧城区开发和城市设计",来了很多人,大概是因为存在着利害关系。负责市政府的民间企划的科长带着我,我跟在他身后来到礼堂外的大厅。所有人都背对着我这边,走向门口。有位年轻女性穿过拥挤的人群,来到我面前。

老师,请稍等。

她穿着牛仔裤和T恤,很普通的打扮,没有化妆,一头短发。我停下脚步,看了看她。

我有东西要转交给您。

我一头雾水,看看她,又看了看递到我面前的纸条。上面写着大大的人名,还有一串小小的像电话号码的数字。

这是什么?

我接过纸条问道。她犹犹豫豫,一边后退着远离我,一边说道:

您很早以前就认识的人……让您一定要给她打电话。

没等我继续追问,那名年轻女性就已经消失在人群中了。

我去灵山邑[1]是因为尹炳九妻子发来的短信。他是

---

[1] 邑,韩国行政区划单位,是韩国行政区划中的自治市、郡或行政市的下辖行政区域。——编注

我的竹马故友。我在故乡灵山读完小学，尹是住在我们家后面的同级生。住在镇上的人们大都在郡政府、学校、邑事务所等地工作，或者是在中央大马路拥有自己的临街店铺。住在院落宽敞方正的韩屋里的人们是地主，到处都有自己的农田。父亲是邑事务所的秘书，拿着微薄的薪水，养活妻子儿女。

灵山位于洛东江桥头堡内侧，即使战争席卷而过，这里还是和从前没什么两样。父亲从战场归来，在邑事务所谋了个职位。听母亲说，这多亏父亲在某次高地战斗中立下战功，获得过勋章，还在日本帝国主义时期的郡政府做过使役。在清一色务农的小镇年轻人中，父亲读完小学，还学会了日语和汉字的读写。父亲的小炕桌上整齐地摆放着边角已经变色发黄的《六法全书》《行政学》等旧书。后来离开农村去了城市，父亲在代书所做书记员，也是这个缘故。虽然我们很贫困，不过每个月都有父亲的公务员工资，还有外婆家的小块农田，每年都能产粮食。那五亩水田是母亲出嫁时从外公那里分来的土地。

我们住的房子位于小镇边缘山脚那一片的坡顶。房子是一字形，三个房间，中间是厅堂。炳九家地势更高，跟我们家隔着一道砖墙。两间房子，再加上厨房，简直就是个窝棚。最初是土墙草房，后来才更换了石板瓦。炳九是我儿时的好朋友，不过我并不了解他。小学毕业后，我们全家离开灵山，搬到了首尔。再次见到他已经是几十年之后，我们快四十岁了。那是在首尔市中心某酒店的咖啡厅里。

认出我是谁了吗？

他用庆尚道[1]方言问我的时候，我想不起来他是谁。当时他穿着藏蓝色的西装，衬衫领子露在外面，很像官署里的高官。他刚说出尹炳九这个名字和灵山邑，那个早已忘却的外号就从我嘴里神奇地溜了出来，像中了魔法似的。

烤地瓜，你是烤地瓜吧？

即便是血肉之亲，时隔二十多年再会，也会相对无言。大多只是问问家庭关系和现状，自然地一起喝着咖啡，交换名片或联系方式，有口无心地相约什么时候见面喝酒，然后分开。也许一辈子都不再见面，也可能通

---

[1]. 韩国行政区划单位，相当于中国的省。——编注

几次电话，哪怕以后再见面喝酒，也会觉得没意思，坚持不了太久。每个人都受困于各自的利害关系，如果这些关系没有交叉点，即使亲戚之间也只能在祭祖的日子见面。尹和我开始延续新的关系，是因为我在贤山建筑公司，而他刚刚接手了很有实力的建筑公司——岭南建设。看我还记得他的外号"烤地瓜"，尹炳九的眼角立刻泛起泪光，猛地抓住我的双手，结结巴巴地说：你还没忘啊。

我们家院子的左侧围墙边有棵两人合抱粗的榉树，他家就在这道围墙的后面。每天早晨他隔着围墙探过头来，喊我去上学。他家附近是村庄尽头的国有土地，也是小松林起始处的斜坡。战争结束，附近佃户因为自己耕种的土地被收走而陆续聚集起来，凑合着用泥土和石头砌墙，搭建起了小窝棚，慢慢地就有了十几户人家。他们包揽了镇上的零活，做泥瓦匠、木工，帮着郡政府干杂事，每到秋收时节就去周围农村做帮工。我也出生在那些房子里，炳九搬到我们家后面应该是在小学三年级，不过我不是很确定。搬来那天，他主动跟我打招呼，我们在后山玩了一下午。炳九的妈妈为人很温和。

我还记得她帮着农家挖地瓜，带回许多散落的地瓜，还送来一瓢让我们也尝尝。尹炳九经常带上两三个地瓜到学校当午饭。他的父亲不知道去了哪里，很长时间都见不到人影。每次回家都酩酊大醉，吵吵嚷嚷或者对妻子大打出手。听说他父亲在附近城市的建筑工地当工头。

我之所以忘不了尹炳九，是因为我们曾在后山烧火烤地瓜，结果引发了山火。我们忙着给滚烫的地瓜剥皮，稍不留神，火花引燃了干草。我们手忙脚乱地追赶火苗，又是用脚踩，又是脱下上衣抽打，试图灭火，然而转瞬之间火势就蔓延到四周。我慌忙跑下去，大喊山上失火了。几十个大人从家里跑出来，拥到后山，乱糟糟地忙到天黑，总算扑灭了山火。

混乱之际，我和炳九藏到了郡政府前的公共礼堂。公共礼堂是日本侵略时期的神社所在地，后来用作礼堂或跆拳道场。我们在黑漆漆的公共礼堂里背靠背睡着了。家人和村里人在后山找我们到深夜。第二天到了学校，我们才知道自己在镇上出了名。我们在教务室门前举着写有"注意用火"的画板罚站。也就是在那个时候，炳九得到了"烤地瓜"的外号，不记得是谁先叫的。胖墩墩的身材，黑黝黝的圆脸，忽闪又机灵的眼睛，这个外号挺合适。

无论是我学建筑，并以此为业过生活，还是尹成为建筑公司代表，这些都只是偶然，后来我们臭味相投是因为相互需要。我们家离开灵山邑之后他过得怎么样，还是几十年之后重逢，我在日本餐厅里才听说了详情。对任何人来说，自己走过的艰难过往都是血泪史，但是不能说出来当作炫耀的资本。这就像对年轻人感叹说，你们没尝过青黄不接的滋味，你们不知道中午饿着肚子的孩子去学校操场边找水龙头。毫无意义。

炳九成绩糟糕垫底，家里几乎交不上学费，五年级就辍学了。游手好闲了挺长时间，后来他送过报纸，也去过车站摆摊，年纪轻轻就做了货车助手。他的父亲进了城，不知从什么时候开始就再也没有回来，他那温和的母亲去镇上的饭店工作，妹妹也离开家去学美容技术。二十世纪七十年代中期，尹炳九和我先后去了部队。我在大学期间参军，好像比他稍晚点儿。尹被分到空军部队，接受重装备教育，这成为他日后人生的转机。刚刚退伍，他就取得了重装备技术资格证，投身到当时渐趋活跃的农村现代化事业。

他的第一份事业是租赁挖掘机,进行农田改良。所谓农田改良事业,就是佃户走了,农田不足十亩的小农也因为无法忍受而离开农村之后,中农取得他们的土地,然后以中农以上为中心改造农村,这在新村运动时期[1]尤为繁盛。其实就是重新规划农田和整修水渠。这项事业本来是各地神通广大的有识之士出面,配合郡政府共同促进,然而炳九主动要求打下手加入。最初几年,他只是添置了几台重装备,后来负责地方主干道工程,便离开镇子,以道为单位开展业务。从那以后,他的交际范围逐渐扩大到了国会议员、法官和检察官。他的名片有很多种,密密麻麻地罗列着他的头衔。首先是建筑公司代表,其次是某党顾问委员、青少年教导委员、奖学会理事、青年会议所、扶轮社[2]、狮子会[3],等

---

[1]. 新村运动,韩国二十世纪七十年代开始实行的发展农业、建设农村的运动。——编注
[2]. 扶轮社是遵循国际扶轮的规章成立的地区性社会团体,旨在增进职业交流及提供社会服务,通常以所在地的城市名或地区名称作为社名。尽管是独立运作的社团,但仍需向国际扶轮社申请通过后才可成立。——编注
[3]. 总部设在美国,是世界最大的服务组织,致力于慈善事业。——编注

等。见面的时候，他刚刚收购了破产的建筑公司，准备在大城市建造公寓。我们不约而同地根据各自的需要频繁通话、见面，还合作了几个项目。

他妻子在发来的短信中这样说道："他病倒了。生病之前就总是找您，希望您能来一趟。"

虽然并不情愿，不过我还是决定去灵山邑。为什么？也许是因为前几天金基荣跟我说过的话。"空间、时间、人？我们的建筑里有人吗？如果有人，临死之前肯定会后悔。贤山先生和你们都应该反省。"

金是我的大学前辈。我一笑而过，避免和他争论，并不是因为他患了癌症，而且已经是晚期。我喜欢他。我并不嘲笑他愚蠢的纯真和对人、对世界的单恋，只是喜欢。周围有人说他的理想主义是因为他没有实力，而我认为这恰恰就是金基荣的实力。我对他的宽容就像决定不再单恋这个世界之后，远远地注视着他的那种从容。早在很久以前，我就得出了人和世界都不可信的结论。随着时间的流逝，人们的欲望只会从这些价值中过滤出值得留存的东西，或者将大部分改造成以自我为主，或者作废。即便是稍微留下的东西，也会像很久以前用过的旧物，封存于其他记忆的阁楼。你问我楼房用什么建成？归根结底是由金钱和权力决定。它们决定的记忆被形象化，得以长久保留。

翻过山冈就是灵山邑。我想起我们全家离开这里的夜晚。父亲和母亲坐在货车驾驶席旁边，我和弟弟蹲在货车厢的行李中间。货车颠簸着驶过土路，盛满餐具的木盆摇摇晃晃，发出刺耳的声响。瓷器还是碎了大半。天亮了，走上通往首尔的国道，我们才下车吃了碗汤泡饭。出发前没吃晚饭，面对着热乎乎的汤泡饭，我们吃得狼吞虎咽。母亲说，人都说败家子才会连夜逃跑……说着说着，母亲失声痛哭。

十五年前，我曾回过灵山。那时尹炳九正马不停蹄地四处奔走，说要在老家买房子。尹很认真地说，人不能忘了自己的根。我尴尬地笑着随声附和，不过他说这话时还是很害羞。他拆掉了曾经是灵山大地主的赵氏家族的老宅，买下能清楚看见水库的整片松林。当时就已经看不到昔日灵山邑的风貌了。常听人说，乡下的时间要比城市过得慢，然而对于离开的人来说，感觉就像是迅速流转的视频。机缘巧合偶尔路过两次,几十年的岁月恍如昨日,熟悉的面孔却通通消失不见,首尔街头常见的建筑和风景占领了中央马路两侧,随后便像车窗外的风景般转瞬即逝。

尹炳九的妻子见到我就用手帕抹眼泪。她是小学教师,在炳九发展势头最好的二十世纪八十年代初期和炳九结了婚。我觉得他的婚礼并不浮夸,很实际。尹的妻子在病房门前看到我,自言自语地说:

他说过不要卷入政治风波。

尹炳九已经做完手术,处于昏迷状态。这或许是好事。距离接受检察院调查还有一周时间。也许相关人士听到这个消息会感觉心里的石头落了地。尹像死了一样躺在各种医疗器械之间,我在他的床头坐了很久。他的半边脸都被呼吸机遮住了。他的儿子建议换到道立医院,不过尹的妻子说要是路上出事怎么办,还是住在这里吧。他的长子陪我吃晚饭,我问他为什么找我。他认真地说,前不久尹想在老家房子的位置上建纪念馆。

父亲这样说的。您家的房子和附近加起来大概有五百坪¹，您来设计盖房，成立文化财团。

我忍不住扑哧笑了，但还是很认真地说：

这种事要等你父亲身体好了再考虑。

尹的儿子在首尔负责经营父亲的公司，似乎也觉得这个话题不合适。吃饭时他好几次看手机，还到外面大声指示着什么。他说现在像灵山邑这样的农村人口越来越少，令人担忧。有的人家只留下老人，有的人家已经空了，这样的村庄比比皆是，年轻人早就绝迹了。他装出一副很懂乡下人情世故的样子。这话的确没错。他和我差不多，一年也回不了一两次。

周围已经黑了，我去了他预订的汽车旅馆。走廊两侧安装了摄像头，设备都是最新的，从照明、电视到空调都可以用遥控器调节。躺在陌生的地方，我难以入睡。偏僻的农村为什么到处都是路灯呢？我发着牢骚，仔细拉好窗帘，试图遮住从玻璃窗透进来的灯光。

我早早地醒来，看了看桌子上在黑暗中发光的电子表，已经七点十分了。我从年轻时就爱睡懒觉。建筑事

---

1. 坪是韩国常用的面积单位，一坪约等于三点三平方米。——译注

务所和普通单位不同，每个人只要做好自己事先计划好的部分就可以了，创意之类不必被杂务所束缚。我自己经营建筑事务所的时候，每周上班两三次，而且都是上午十点多才去。如果没什么事，下午就早早离开了。我这辈子都是在深夜工作，等别人都下班了我才慢慢地起身活动。这已经是我多年的习惯。

时间还早，可我不能就这样躺在旅馆房间里。走出旅馆，上了公路就是长途汽车站。乡下的人们果然勤劳。汽车站门前已经挤满了人和出租车。我一边嘟哝着乡下小镇怎么有这么多车，一边沿着中央马路往前走。以前屋顶低矮的店铺不见了，两边都是两三层的建筑。路的方向没变，只是比以前宽了许多。

从十字路口右转，经过郡政府旁的小路和文化会馆，我在上坡路左右张望，原来的松树林不见了，胡同消失了，双车道的土路打通了，两侧长长的石墙也不见了。路边同样排列着整齐方正的两三层建筑。我估计着后山的模样，向左转，发现了盖着水泥盖子的下水道。我知道自己找对了方向。从前这里还有小河。有一次父亲喝醉酒回来，掉了进去。我也曾在这里抓过青蛙。

农田之间有一两栋房子。看不到我们家。十五年前来的时候，房子虽然衰落，不过还有人住，后来房子空了，最后被拆除。我还记得站在炳九家的院子里，抬头就能看到拐角处那棵两人合抱粗的榉树。那棵树也没有了，不，有还是有的，树被砍了，只剩下树桩。很多地方都长出了大大小小的蘑菇。辽阔的辣椒地斜斜地延伸到炳九家，每块地都罩着黑色的塑料膜。后山上的树比前面更绿，也更茂密了。

对于这个离开的人比留下来的人更多的地方，我无法理解它文明开化的模样。从旅馆到商街和住宅区，路边都是两三层的盒子似的水泥建筑。这样的小镇比从前更荒凉。飘在低矮屋顶上的炊烟再也无处可寻。站在山坡上，我只看到和其他小城市相似的风景，甚至和首尔郊区也差不多。我和烤地瓜，还有早早离开人世的父亲母亲，仿佛从来就不曾来过这个小镇。

周末上午，我接到了从美国打来的电话。女儿平静地讲述过去一个月里发生的事情。她是我唯一的孩子，现在在美国生活。从医科大学毕业后，她成了一所综合医院的医生，跟美国教授结了婚。留学期间在当地结婚，自然成了那边的人。女儿定居美国之后，妻子经常穿梭于美国和韩国之间。现在好像是想彻底留在那边，已经好几年没有回来了。她的娘家人几乎都住在美国，我们的婚姻早在十几年前就问题重重，最近好像彻底脱轨，很难缓和了。女儿说起妈妈新搬的公寓，说起自己家人和姨妈们举行的乔迁宴。您身体好吧？妈妈让您按时吃降压药。既然已经在女儿住处附近找到了新的公寓，看来妻子是不打算回来了。

难得地想起香烟，于是我四处翻找。偶尔在捕捉灵感的时候感到郁闷，我就会寻找红色万宝路烟盒。应该在某个地方。我从书桌上的台灯旁找到打火机，打开抽屉，然后翻找衣柜里的西装。我在衣服上面摸到了烟盒。我摸索着拿起烟盒，忽然有什么东西啪嗒掉了下来。两张名片和一张纸条落在脚下。一张名片是市府公务员，另一张是某杂志社记者。还有一个……我把这些东西放在桌子上，叼起一支烟。我茫然地注视着写在电话号码上面的大大的名字，在心里默念。车、顺、雅。尘封在记忆里几十年的名字，早已被我遗忘了。我想起上周演讲会上从年轻女人手中接过纸条的场面。演讲结束后,我接受了建筑杂志的采访,接着和几个人喝酒。连续几天消化这样那样的繁忙日程,我把纸条忘到了脑后。

犹豫片刻,我拉过了书桌上的有线电话,按顺序拨打纸条上的数字。铃声响过很久,连接语音信箱。我本想说点儿什么,却又急忙放下了话筒。我拿出手机,留了短信。

  我是朴敏宇,方便的时候请给我打电话。

我去办公室的时候,建筑公司的宋说:
今天金基荣老师有聚会,您去吗?
金前辈的什么聚会?
医生说没多少时间了。几个人陪着出去放放风。
好,去哪里呢?
说是要去江华。
我决定不坐司机的车,而坐宋开的车。经过奥林匹克大道的时候,宋说:

大东建设的林会长被盯上了。

我猜出他是听到了什么传闻,但是故意装糊涂,反问道:

被盯上了,这是什么意思?

听说林会长和现政府关系不好。

大东建设把汉江数字中心的项目交给了我们。现在,那栋超高层建筑已经完成了一半以上。我故意漫不经心地说:

我们只要做好自己负责的事就行了。

不管怎么说,一定要干净利落地收尾。

他大概是看过报纸上的报道。政府正在调查,大东建设正在郊外推进的亚洲乐园项目很可能会因为资金问题而搁浅。

我们难得出来放放风,你怎么总说这种泄气的话?

我故作愉快地说道。宋转移了话题。

别看金基荣老师生病了,但是心态真的很好。

是啊,他本来就是个乐观的人。

因为是平日,路上车不多,我们的车行驶在奥林匹克大道上,经过金浦,跨过江华、草芝大桥。我们把车停在交叉路附近的停车场，走进了咖啡厅。等在那里的李永彬教授高高地举起手来。他和我同届，毕业学校不同，因在有奖征集活动中竞争而相识，活动时间相仿。我们曾经为了拿到某个项目而竞争，也曾共同参与过某个项目。他和金前辈一样在欧洲学过建筑。若论实际业务，他没法跟我们这边相比，不过他毕竟是出生于富贵人家的首尔人。李永彬早年选择了教授这个职业，现在是华而不实的批评家。他一身休闲打扮，戴着棒球帽。他似乎有些意外地说：

你应该很忙啊，怎么到这里来了？

好久没见金前辈了。

一辆商务车驶入停车场，熟悉的年轻人跑进咖啡厅。原来是建筑杂志社的主编。他四下张望片刻，对我们说：

大家都去吧，我在东幕海水浴场附近订好地方了。

金前辈坐在副驾驶，冲着走近的我们挥了挥手。三辆车相继驶入海水浴场，还没到玩水的季节，只有出游的家庭和几名年轻人，显得很冷清。我们走进看得见大海的海边餐厅，围坐在餐桌旁。金基荣比几个月前瘦了许多，因为抗癌治疗出现了脱发症状，戴了顶旧礼帽。除了我们，还有杂志社的两个人和画廊策展人。加上金前辈的妻子，以及他的建筑事务所的弟子们，总共有十几个人。金前辈和妻子，李永彬和我，跟其他人分开落座。我们点了鲷鱼、大眼鲱鱼等生鱼片和烤蛤蜊。

我们谈起贤山建筑公司初创时期经常爬摩尼山的事。那时候我们都还年轻，从国外留学归来不久，天不怕地不怕。每个人赋予成功的意义各不相同，而金基荣无论当时还是现在都经营着工作室。李永彬没有留下值得纪念的作品，进入大学专心为稻粱谋。我也曾经拥有过一家养活百余人的建筑企业。是不是人越成熟就越没有气力？正赶上金融危机，公司规模缩小，变成了只有二十多名员工的务实的事务所。

金前辈难得出来郊游，今天心情似乎不错。每当他笑起来的时候，瘦削的脸颊就会显得更小，露出很多皱纹。医生说要想克服抗癌药物的副作用，应该多吃高蛋白食物，不过他只吃了几口妻子夹给他的鲍鱼和蛤蜊。

说实在话，我活不了多久了，金前辈开口说道，你们去英国坐过伦敦眼吗？李教授说坐了，金点了点头。

那个轮子转一圈要一个小时。佛祖说过，人间百年一个轮回，那我们不都是转不完一圈就要下来吗？

百年之后，这里的人大部分都将消失不见，世界上都是新人。看来还是建筑商好些，建筑会在地面上留存。虽然大家都会这样想，不过建筑商也可能留下贪婪而丑陋的形象。午饭之后，年轻人去海边散步，慢悠悠地走着，时而把虾条扔给海鸥。傍晚时分，我们才把车停在华道面[1]方向通往摩尼山的坡顶，漫步兜风。晚霞满天，太阳慢吞吞地落下地平线。

李永彬说起岭南建设尹会长的事。

那个人是你的发小儿吧？贤山那时候，因为你，我也和他见过几面。

金前辈大概也想起来了。

那个时候大家都很风光，不过那人好像做过一两次国会议员吧？

尹炳九会长，还有最近的大东建设事件，归根结底不都是因为秘密资金出事吗？

---

1. 韩国地名。——编注

李教授静静地看了看我,说道:

现在是不是应该放下了?

我们都是给人画画而已。尹会长病倒了,不省人事。

我说了自己去灵山邑的事。我说房子、砖墙、羊肠小道都不见了,我出生的地方只剩下了树桩。

全世界的故乡都消失了。

我说话间,金前辈凝视远方的大海,转头看着我们。

那还不是都让你们给消灭了。啊,晚霞真美!

进入首尔市区,大家自然地分开,李教授跟着我回到办公室。尽管没有事先约定,不过我和他决定去公司附近的红酒吧吃晚饭,喝杯酒。他提议支持金前辈最后的活动。这是一次回顾展,展示金前辈的设计草稿、建筑模型、照片资料、设计方案等。他说,身边的人都在捐款,你也赞助一下吧。好吧,我大概是这样回答的。酒意渐浓,李永彬教授从卫生间回来,冷不丁地说道:

可能是因为今天见到了病人……我想起了那片槐树林。

槐树林?

我没听懂,心不在焉地反问道。

不就是开发江北地区的时候吗？李永彬补充道。我这才想起密密麻麻地排列着平房的贫民区和低矮的后山。

那里怎么了？

我小声嘀咕。他说：

没什么，我就是想起了从前。我们都给推平了。

我沉默了很久，然后闷闷不乐地说：

你不知道吧？我也出生在贫民区。

李永彬漫不经心地回答道：

以前你说过。这话我说过多次了，你是强者嘛。

直到午夜，我们才喝完酒。回到家换了衣服，我拿出手机看了看，几条短信中夹杂着车顺雅的。

> 我是车顺雅。您给我打电话了。谢谢您没有忘记我，跟我联系。我白天不方便接电话，晚上可以，晚些也没关系。

我迟疑片刻，开始按数字键。虽然很晚了，但是收到短信还不到一个小时。如果睡了，应该不接电话或者关机。我这样想着，一个个按下数字。信号音隐约传来。喂？哦，我是朴敏宇。啊啊，朴敏宇先生？您还记得我吗？我们住在一个村子……面馆。年龄在增长，声音好像没有太大的变化。我也跟着提高嗓音。你现在住哪里，在那里做什么，父母都好吗？我一口气问了好几个问题。车顺雅说她在富川做生意，吃饱喝足没问题，偶然间听到了我的消息。我说那为什么不来演讲会场，那样我会很开心。她的回答很简单，说自己又老又胖，不好意思见面。我说现在知道联系方式了，时不时打个电话，什么时候抽空见个面吧，然后就结束了通话。

第二天，我在头疼和口渴中醒来，脑子里空荡荡的像白纸。渐渐地，海边、山坡上看见的晚霞、癌症晚期患者的乐观笑声、话筒里传来的女人声音，像斑点在白纸上弥漫开来似的，乱七八糟，仿佛是梦的延长线。快点儿回来才行。我用力晃了几下脑袋，从冰箱里拿出凉水，接连喝了两杯，然后呆坐在餐桌前。这时，门铃响了。今天是钟点工来家的日子。虽然很麻烦，不过我还是要出门。

2

他的埋葬还没有结束,就像静止的废墟中覆盖着野花和杂草的锈蚀的火车头。[1]

最后一句台词说完,练习也结束了。明天进行最后的彩排,后天开始演出。演员们四散而去,我走进小剧

---

[1]. 此句出自黄晳暎早期名作《韩氏年代记》。——译注

场门口旁边的剧团办公室。代表正在打电话，看到我进来，冲我做了个手势。打完电话，他看了看手机短信，对我说：

明天有两个采访，郑大哥是导演，应该采访你吧？

他以为我会很开心，可我累得什么都不想回应。放着郑友姬这好端端的名字不用，非要像对男人似的称呼大哥，这点我也不喜欢。明明是使唤人，说话语气却像战友关系。

从午饭开始我就什么都没吃，现在已经是晚上九点多，我连肚子饿都忘了。这是征得原作者谅解之后对小说进行改编的作品，没有版权费，却还要支付改编费。我担任导演，绞尽脑汁改编了好几个月。别说改编费了，我连导演费都没拿到，当然演员们也是如此。不过这也是我们自作自受。

代表是导演出身，也是我们学校的前辈，和我们组成话剧社团，好不容易从早就对他失去信任的父母那里得到支持，才在地下室里艰难地开了家小剧场。这里聚集了很多大同小异的剧团和小剧场，观众总是有限，租金却不断上涨。开幕第一周，前两天还有些观众，然后开始减少，五六天之后，观众人数就很难超过十人了。从那之后就只能亲自上场，勉强维持演出。尽管也有文化部门的支持，然而大部分都用作小剧场的场地费，获益的只有业主。我们每周都要拿着各界人士的名单发送邮件，邀请对方加入会员。

我只是闷闷不乐地说：

先给我预支点儿钱吧。

什么……预支？

代表似乎觉得很不可思议，抬起头笑了。

这里还能像什么公司嘛。不管怎么说，总要出去演出，才能赚点儿钱，不是吗？你需要多少？

五十万[1]左右。

我必须交点儿拖欠的房租，才能撑过这个月。他打开钱包，说道：

倒是有点儿策划费……不过现在每分钱都舍不得花。这里有三十万。

他无奈地递过六张五万元纸币。我趁他还没改变主

---

[1]. 本文中出现的货币单位均为韩元。——编注

意赶紧夺了过来。我转身要出去的时候，代表冲着我的后脑勺喊道：

明天下午一点之前过来，有采访。

彩排是晚上七点，明天开始有餐费了。

你让记者在彩排时间过来采访吧。

这是我第三次执导，本来上次就想收手不干了。

我叫郑友姬，已经二十九岁了，是个毕业于艺术大学的菜鸟剧作家兼导演，中途为了混口饭吃而放弃话剧，进入职场。我投了几十份简历，无数次面试失败，好不容易进了家小出版社，大概工作了两年。听说效益好的出版社能出畅销书，盖办公楼，职员工资也丰厚，可是这家出版社的社长好像底子不厚，根本买不到受欢迎的翻译作品，只能杂七杂八地拼凑些无须支付版权费的老古董或可疑的散文，再加个像模像样的题目就出版了。

从校对、润色、改写到宣传、联络作者，我自己要分饰多个角色。所谓职员，除了我，还有社长和他的后辈，以及刚刚毕业于专科院校的小女孩。人手不够，工作却必须准时完成，所以我们动不动就加夜班。夜班没有加班费，为了不伤害家庭似的气氛，我们只能满足于简单的夜宵。这样坚持了两年，原因在于我没有找到好的解决办法。除了交房租和税金，赚来的钱勉强能维持自己的生活。我像钟摆似的往返于家和出版社之间，都没时间花钱。眼睛盯着电脑屏幕，修改、润色别人的文章，有时会有种虚度岁月的空虚感。我常常去楼梯间，坐在那里连抽两三支烟，心里似乎能平静些。

有一天，我去大学路见作者，偶然在咖啡厅里遇到了话剧系的前辈。他说本来也在找我，让我写个作品。我正想找个合适的借口离开出版社，于是再次投身到这泥潭般的话剧界。大学毕业后我在剧团做剧务，跑龙套，在底层摸爬滚打，看不到希望，于是下定决心不再从事话剧行业，就此离开。这次回来把从前写了半截扔掉的剧本做了修改，好不容易赶上演出日期，参加那年秋天的话剧节，竟然获得了新人奖。所以现在已经不能收手了，无论如何，我也只能踩着小剧场这个巴掌大的舞台站起来了。

我有个单身妈妈，还有个姐姐。读大学的时候，当过老师的父亲去世。姐姐已经毕业，我在叔叔的帮助下勉强读完了大学。从我考入艺术大学话剧系开始，父亲就强烈反对，他要求我要么选择其他专业，要么转学到离家近的地方大学，否则就不给我交学费。我在母亲的袒护下艰难地读完了大学。叔叔供我念完最后两个学期，也是因为得到了我的保证，毕业以后绝不从事话剧行业。我很早就明白，如果自己不千方百计地独立，就什么也做不了。姐姐为了准备教师资格考试也花了好几年时间，终于成为地方中学的老师。母亲做过各种副业，做过家政，现在和姐姐在小城市过着平静的生活。即使有事我也尽可能不跟她们联系，这样有助于她们保持平静的日常生活。

两件五千元的T恤和一条万元牛仔裤，足以让我从春天穿到秋天。除了餐费和交通费，几乎没有其他花钱的地方。在大城市生活，最大的问题还是住宿。辗转于各个考试院，后来去出版社工作的那段时间，我攒了点儿钱，租了多户型住宅的半地下房间，交完保证金之后，每个月只要再交点儿房租就行了。我在首都圈周边找房子的时候，遇到了很多和我相似的同龄人。他们就像密林里机灵的小型哺乳类动物，蜷缩着身体夹在猛兽中间，只有眼睛闪闪发亮。

从小剧场出来，我昂首挺胸地穿过咖啡厅、酒吧、餐厅林立的街头。下班时间早就过了，公交车上空座很多。刚刚坐下，我就靠着玻璃窗打起盹儿来。每当溪水流淌的声音从腹部涌向胸口，我就会惊醒，然后重新入睡。前往新建的公寓区，交通拥挤时需要一个多小时，赶上这会儿只需四十多分钟。不过现在，我并不是要回我的安乐窝。

不用特别留意，我也会在目的地前一站自动醒来。下了公交车，我看见位于十字路口旁边的兼职工作地。等待信号灯的时候，我看了看对面二十四小时便利店的灯光。绿灯亮起，我立刻跑了过去，气喘吁吁地推开玻璃门。我的动作有点儿夸张。大叔只是默默地瞪着我。我急忙穿上便利店的围裙，咋咋呼呼地说道：

对不起，明天早晨我多干一个小时。

要遵守交班时间啊。今天又去排练话剧了？

明天总彩排，后天就演出了。

你不是说那个不能养家糊口吗，为什么还要去做？

大叔准备出门了，又对我说：

运来的东西放在那儿了，友姬你来整理吧。明天到九点。

大叔下班了，早晨他会再来跟我换班。白天，他的妻子会过来代替丈夫工作一两个小时，让他吃饭和休息。他们夫妇睡觉的时候，打工生值夜班。从晚上十点到早上八点，工作十个小时。夜间打工生有两个，除了我还有个男生，不过他只在周末上班。我也算是五天工作制了。如果想多赚钱，便利店的工作当然不合适了。我试过很多工作，便利店工资最低，对于不会自己利用时间的人来说，无聊得令人绝望。每个人的情况不同，如果利用深夜时间学习或看书，那么这段时间会过得很充实。

过了午夜，即使在市中心也没什么客人。做这份工作的时候，我的生活节奏反而很稳定。这之前我干过各种工作，咖啡厅、餐厅、比萨店、汉堡店、寿司店、商场停车场服务生。便利店夜班有个好处，就是晚上少睡点儿，白天可以做别的事。话剧方面的工作还不如打工有实际意义，然而梦想带给我的安慰岂是打工可比的。

晚上九点运货车会送来乳制品、饮料和零食。我换班后的第一件事就是整理大叔接收的货物，所以把晚饭时间定在这个时候。晚上八点一过，三角紫菜包饭和三明治就要做过期处理。凌晨的货物送到之前，还要事先清理陈列柜里的便当。我从陈列柜上取下大叔没来得及处理的三角紫菜包饭和便当，堆放在收银台下面。空出的位置换上新的商品。牛奶、饮料、点心等新商品放在最下面或最后面，原来的放到前面。食品保质期必须严格遵守。处理好条形码，废弃的食物垃圾装进计量垃圾袋里，乳制品或饮料、零食等单独分类，保存到卖场的仓库里，准备做退货处理。

今天吃什么呢？"2+1"商品里有几种夹带饮料的套装，我先挑选饮料。有的客人只带走了要买的商品，没有拿走赠送的饮料。香蕉牛奶、草莓牛奶、可可牛奶、大麦茶，我选择了玉米须茶。今天感觉格外饿，我要吃个塞满了火腿肠、炸猪排和鱼饼的七格便当。我把便当放进微波炉。这是今天的第一顿饭，也是晚饭，已经深夜十一点多了。我拿出四个放辣酱金枪鱼和炒辣白菜的三角紫菜包饭，用塑料袋包好，放进冷藏格。这是留着明天早晨回家吃的。这样稀里糊涂地吃饭无疑对健康有害，可是为了节省生活费，我也没有别的办法。虽然时薪很低，不过这也是在便利店打工的优势。

肚子正饿，我狼吞虎咽地吃完，困意袭来。听说最近有和我一样贫困的年轻人深夜持刀抢劫。这里是中等规模的便利店，没有安装取款机和摄像头。不过大叔在收银台下面安装了按钮，按下去就会闪闪发光，发出刺耳的警报声，也做过几次试验。他说就像安装在汽车上的报警器。偶尔有想吃夜宵的客人来买烟、酒、饮料、零食或大碗面，两点左右人就少了。两点到三点之间有运送货物的车辆来来往往，时间总是一样，三点左右到达这个便利店。

我检查大叔电脑上列出的进货清单。坐在收银台前睡了又醒，不知不觉间配货车来了，送来货物。我把饮料、酒水、点心和便当之类放进陈列柜。打扫卫生的时间到了，扫地，拖地，擦拭门口两侧的铁椅子和桌子。清理垃圾，放到路边收集垃圾的位置。凌晨四点，垃圾车准时到来。垃圾车开走之后，我可以再睡一个半小时左右。像这样在工作时间不时小睡片刻，有时很甜美，有时也会想着伸展腰身，找个地方躺下睡觉。今天就是这样的日子。一天又过去了。

回想过去的时光，总是模模糊糊，没什么特别值得记忆的事情。该死，怎么忽然就老了呢。如果成为著名剧作家或导演，生活会变好吗？看看前辈们的生活，似乎也没变好，同样茫然。结婚……偶尔想过，不过成为某个男人的妻子似乎不大可能，就像养个宠物的小愿望一样难以实现。喜爱、在意、担心、照顾、关心、陪伴，继而厌恶、不耐烦，然后又喜欢、爱抚，爱不释手，看到同龄的朋友养狗养猫，我感觉很是郁闷。朋友出去度假十天，托我照看她的马尔济斯犬。白色的小狗很漂亮，不过它对照顾者的依恋和察言观色的态度太恐怖了。让它别做什么，它绝对不做。男人，现在也让我感觉很有压力。

我有值得回忆的恋爱事件吗？倒是有过一两个人，可我不确定是否值得回忆。第一个遇到的是大学同级校友，来自美术系。我们两个人都不太懂事，他更是这样。他在校门口租了单间公寓，自己做饭。四年级时我没地方可去，就住进了他的单间公寓。那时候父亲去世，叔叔帮我支付学费。没过多久，那家伙频繁提出结婚的要求。他家在外地，好像属于中产，不是很富有的那种。他多次提出要来我们家见见我父母。我站在养育两个女儿的父亲的角度问他：将来你打算怎么生活？

我只想每天看看优秀的画作。

呵呵，我望着天空笑了。

—— 职业？嗯，我学的是美术，算是自由职业吧。

—— 在我们这个社会，美术能算职业吗？混账！房子怎么办？

—— 我住的是单间公寓，如果两个人住着不方便，我会搬家。我喜欢阁楼。

—— 带着我的女儿和外孙住阁楼？以后不要再和我女儿见面了。我这样恐吓他说，你会被当场拒绝。

毕业后我进了剧团，他家境比我好，考了研究生。前不久在街头偶遇，他说自己在美术画廊做策展人。搞笑的是，话剧圈和他们那行的情况彼此彼此。他和我的关系不像恋爱，更像是游戏或玩笑。

在出版社工作期间，我遇到了第二个男人。他是记者，比我大三四岁。也许他经济实力比较强，也许是父母帮忙，买了二十坪的公寓。他并不期待成为充满正义感、追踪杀人案或政界人士腐败真相的新闻工作者。他毕业于名牌大学，也就是那种西装革履打着领带坐办公室的普通工薪族。有一次他比约定时间晚到了一个半小时，其间他每隔十几分钟就会发条短信过来。我问他去哪儿了。他说在某位即将离婚的电影演员家门口蹲点，从那边赶过来的。他讲了女演员的丈夫，又提到了她的新恋人。这就是他的工作。说完这些，他又谈到了萨缪尔·贝克特、贝尔托·布莱希特，表现出自己对话剧的了解。然后他去了自己很熟悉的地方，跟踪某个涉嫌赌博的歌手。他以这种方式得到了几个独家报道。我有些厌烦，便放了他几次鸽子。他在电话里对我极尽挖苦讽刺之能事，然后就断了联系。我删除了他的电话号码。

后来我遇到了黑衬衫。他叫金敏宇。他比我大三岁，处境和我差不多，但是和我不一样。他是那种条件越恶劣越要热烈生活的类型。他就像擦完枪装好子弹，随时准备进攻的士兵，远远地注视着死亡线。

3

我的父亲在激变的二十世纪六十年代被灵山邑事务所辞退了书记职务，原因是收受违规建筑者的贿赂。我不知道那些贿赂对我们家人是否有帮助，不过根据当时的情况来看，也就是一包烟的程度。也难怪，对于没受过正规教育，只是自学者的他来说，也就到此为止了。父亲卖掉了镇上那栋不成样的房子，卖掉了从外婆家继承的五亩田，带着家人来到首尔。搬家之前，父亲在大邱和首尔之间往返了两三次。

我们在东大门外的贫民区卸下行李,然后以月租的方式租到了两间水泥房。没有院子,推开厨房前面的门,直接就是胡同。两个房间的窗户也都是朝向胡同,房子后面是别人家的墙壁。厨房门边挂着两副钥匙,每副分别有两把,一副是大门钥匙,另一副是厕所钥匙。父母、我和弟弟各自使用。路边有个我们家和邻居共用的厕所。每次去厕所,必须拿着挂在墙上的钥匙到外面才行。正在厕所解手的时候,过路人的呼吸声会从模板缝隙间传进来。那时我年纪虽小,进出厕所时遇到行人也会害羞,更何况大人;尤其是母亲,该是多么别扭啊。

父亲的故乡前辈在区政府门前经营代书所,这位前辈是父亲来到首尔后的救命稻草。曾经,他也和父亲一样是乡村的底层公务员。父亲去了代书所,给前辈做助手。这样赚来的钱勉强够父亲自己买酒,和家人吃饭。

来到首尔后,母亲终于发挥出强大的生活能力。她出入东大门市场,也不知道是怎么拉拢的保安,竟然在通道中间占了位置摆起摊,出售内衣、袜子和内裤。我读高一那年，我们家的情况再次变得糟糕。父亲患了脑中风。虽然后来恢复了，可是直到去世，他的左腿都不能正常使用。家境变差，不过除了父亲的事，生计方面倒是可以松口气了。

离开东大门附近的贫民区，我们搬到了达谷。这里的环境比原来更糟糕。有的是以前住在中浪川和清溪川被赶到这里，有的是因为对面贫民区饱和之后涌过来，还没有形成稳定的社区。公用水管设于胡同外的宽敞空地，很多人家没有厕所，大路边不时出现一两个公厕。我们家有两个房间，廊台前有个窄长的小院。砖墙外面是底下邻居的屋顶和下面的村庄。我们家的位置算是相当不错了，看得见远处的繁华大街。除此之外，更重要的是我们家有厕所。这里地势较高，直到我高中毕业才安装自来水。我们家的房子很简陋，没有玻璃窗，只有木板门，母亲果断决定，欠债整租下这套房子。

母亲在大路入口处的达谷市场里得到了露天摊位。她也知道卖内衣、内裤在这种贫民区市场赚不到钱。她说卖吃的反而更好，尤其是最累的鲜鱼店会赚钱。起先母亲从东大门水产市场批发海鲜出售，最多也就是批发几箱青花鱼、秋刀鱼、带鱼、冻明太鱼，摆在小小的摊位上，客人来了就收拾好卖出去。家人还在沉睡的凌晨，母亲早早起床去批货。达谷市场活跃起来之后，商人们平摊费用，购置了卡车，进货更多，受苦也少了。从那以后，父亲正式给母亲当起了帮手。

这辈子都靠笔杆子生活的父亲身体也不方便了，谁都想不到他会帮助母亲做海鲜生意。父亲用母亲卖剩的鱼做起了炸鱼饼。每天从对面豆腐店买来豆腐渣，和着磨碎的鱼肉、淀粉搅拌均匀做成鱼饼，比用面粉做的鱼饼更好吃，营养价值也高。附近贫民区的人们几乎都吃过我们家的鱼饼。父亲研究开发出各种美味的鱼饼，常常因为食材用尽而提前关门。我们家的生意自然而然地从卖鱼转向卖鱼饼。在那之后的十几年里，父亲和母亲就在达谷市场赚钱谋生。出租房变成了我们家自己的房子，还买了像模像样的店铺，我们兄弟也都上了大学。当然，这些加起来还不如中产阶层的一栋房子值钱。

我上大学后就没再麻烦父母。来到首尔，我就埋头学习。除了学习，也没什么别的事做，同时我心里还有个坚定的信念，无论如何都要离开这个地方。我和考入名牌大学的几名校友做了家庭教师，后来索性做了住家教师，于是从家里搬了出来。参军回来后，我也住在外面，后来又出国留学。也就是说，我只在高中前属于我们家的一员。

我是什么时候第一次遇到宰明大哥的？应该是刚刚搬家没几个月的高一暑假。从三岔口大道沿着山坡去往我们社区，在中央路口有个市场，那条路两侧有很多胡同。不仅有胡同，偶尔还有双车道水泥路连接而成的十字路。这样的路口很宽敞，公用水管、公厕和小店铺通常设在这里。通往我们家的十字路口下面有一条左右方向的窄巷，宰明大哥的家就在那条路的尽头。虽然是路尽头，却不是死胡同，那边又有向上的窄胡同，还有用山石砌成的台阶。认识宰明家之前，我没有机会进入那条胡同。我通常是在市场帮父母忙完之后，沿着中央路经过公用自来水管道和公厕，再走过拐角处的香烟店，拐入我们家的胡同。

傍晚时分，我慢悠悠地走向市场，总是会看到胡同口有四五个流里流气的孩子，有的还抽烟。每次走过他们身边，总感觉我的后脑勺像是被什么牵引着似的，忍不住偷偷地回头看。有一次，正在抽烟的孩子说，臭小子，看什么看。还有一次，有个孩子摘掉了我的学生帽。

给我帽子。

你有钱吗？

给我帽子。

哎哟，这兔崽子有眼无珠。

胡同深处的黑暗中有人用沙哑的嗓子说，喂，给我帽子，边说边走上前来。按照那些孩子的说法，他的个子很矮。我低头看去，真的是个很矮很粗壮的孩子。他夺过帽子，递给我，问什么时候跟我单挑。我没有回答，接过帽子戴上，转过身去。他是宰明大哥的弟弟老根。他叫宰根，兄弟中排行老幺，加上个子矮小，就得了老根这个外号。这些孩子都跟在宰明大哥身边擦皮鞋，加起来有十几人。

夏日傍晚的贫民区，所有的人都拥到路边。大人们三三两两地喝酒、下棋，女人们在胡同口盘腿而坐，谈笑风生。孩子们玩抓小偷游戏，或者唱着"木槿花开了"捉迷藏，吵闹不已。像我这样十来岁的半大孩子分帮结伙地到山下玩，或者到山顶吹风。我们家离山顶近，走到中央路尽头右转，沿着羊肠小路向上走，很快就到了山顶。那里有几棵树，还有郁郁葱葱的草。从上往下看，可以看见对面的贫困区。家家户户的窗户里透出灯光，在夜空里闪烁。这里看得见北汉山，山冈那边繁华街道的红色灯光延伸到天边。山顶有几块岩石，岩石下面是空地。

有一天，孩子们聚在那里玩耍，还有几个大人，好像是玩什么斗鸡游戏，助威声、喝彩声此起彼伏，乱糟糟的。我坐在石头上看他们玩游戏。两个孩子戴着不知从哪里找来的拳套，正在比试拳法。

对！低头、突进、躲闪。啊，臭小子，伸直胳膊，刺拳，刺拳，上勾拳！对！

一个孩子被击倒在地。身兼裁判和教练的青年终止了他们的比赛。

喂，你过来。

刚刚获胜的孩子对我说道。他就是几天前在胡同里说要跟我单挑的老根。青年跟我搭起了话。

喂，你就是上面胡同新搬来的学生？要不要比一场？

我并不乐意，可也不想临阵逃脱，只好尴尬地朝他们走了过去。青年装出认识我的样子，这让我有点儿得意。我本来不是爱打架的人，不料刚从乡下搬到东大门外的贫民区，经常在学校里遭到各种小混混的欺负。当时小学每年级有二十多个班，分上午和下午两个时段上学。初中少了点儿，不过也有十几个班，每班有七八十个孩子。起先我被他们当成了乡巴佬，这让我懂得如果有人招惹或者试图制服你，那么千万不能退缩。哪怕力不从心，也要抗争，直到对方放弃。没有谁会同情倒下去的人。今天输了，明天就在放学路上等，后天去家门口，一直打到对方放弃。只要那个家伙不放弃，或者不道歉，那就绝对不能停止。回家也没用，嘴唇裂了也好，鼻子歪了也好，父母看都不会看。他们忙着照顾年幼的弟弟，我也没有别人可以求助。那天我没有退缩，而是接受了老根的挑战。因为我知道，如果退缩了，那么将来的日子会很艰难。

老根已经尝到了胜利的滋味，戴上拳击手套，双手用力碰拳耍酷。我静静地伸出双手，戴上青年递过来的拳套。我平生第一次戴拳套，不知所措地站在那里。青年拍了拍我们的后背。开——始！话音未落，我只觉得眼冒金星。后来学过我才知道，那是直拳。我也打过几次架，低着头，举起双拳开始移动。对方躲过我的拳，同时发起进攻。我被打中了好几次。生气就意味着失败，我在心里自言自语，同时咬紧牙关。突然间被打了个正着，身体晃了几晃，流出鼻血。对方再次出拳的时候，我弯腰朝上进攻。沉重感通过拳套传给我。那小子摔了个四仰八叉。很快，老根马上站起来，原地跳了几次，再次靠近过来。

哎呀，算了算了。

青年把我们分开。我的鼻血还在流，运动服前襟已经被染红。流了好多血啊，青年小声嘀咕，然后用搭在脖子上的毛巾给我擦脸。馊汗味真的令人作呕。

这才第一回合，为什么不让我们打了？

老根喘着粗气问道。

青年说：臭小子，平局。你被击倒，他受伤。

老根似乎觉得我的鼻血让他很有面子，没有继续发牢骚，摘下了拳套。青年说：

回家就说运动时流了鼻血。你以前打过拳击吗？

我回答说这是第一次。

你的勾拳不一般啊！很有天分，你叫什么名字？

朴敏宇。

我叫宰明，叫我大哥就行。宰根呀，他叫敏宇，你和敏宇握个手。

我们难为情地握手。

宰明大哥的处理方式让我深深地感动，既不伤害我们的自尊，又很自然地接纳我为同社区的孩子。

高二之前，我深深地迷上了宰明家的兄弟们。当时宰明大哥大概二十岁，是家里的次子。最上面是宰燮大哥，二十二岁左右。宰燮大哥几个月回贫民区的家里一次，住上十天或一个月就走。宰根是老三，比我大一岁。他在兄弟中最小，真正的老幺是他们家的独生女妙顺。妙顺比我小两三岁。

他们的父亲不在了。宰明大哥就充当了家长的角色。家务活由妈妈和妙顺负责，宰明大哥管理丁字路口旁现代剧场门前、生肉店、万石会馆和后巷，以及故乡茶馆门前擦鞋的地方。他们兄弟几个都只读了几年小学。老根自豪地说他们是国三辍学、国四辍学、国五辍学。我问国五辍学的是谁，他说还是头脑聪明的宰明哥多读了几年。他们的父亲是农民，从全罗道来首尔不久就去世了。不过就算他活着，也没能力让兄弟三人都读书。

整个暑假，我们每周会有两三次在傍晚时间登上后山的山顶。我决定跟宰明大哥学拳击。他教我前后交叉双脚，交错移动重心、低头，利用双拳和肘部保护下颚、面部、肋下和腹部，直拳、勾拳、摆拳、正蹬等动作。这里不是拳馆，没有沙袋之类的，不过可以通过跳绳和原地跳进行呼吸、爆发力和腰部力量的训练。

宰明大哥退学后，进了钟路的擦鞋铺，从收鞋到擦鞋，什么都干，开始了自我保护运动。他在真正打架的过程中明白，并不是学什么就用什么。为了研习丰富的技术，他在合气道馆学了半年，在柔道馆学习三四个月，又在拳馆练了大约一年。只要动起手来，他一眼就能看出对方的出手习惯。宰明哥常说，什么武术几段，都不能和身经百战、经验丰富的高手相提并论。体育馆长看出宰明哥的拳击天分，有时对他进行高强度训练，想把他培养成运动员。

那为什么放弃了？我问。

宰明哥呵呵一笑，说道：

那个时候，蟹蟹哥进了牢房。谁来养家糊口？

蟹蟹哥是老大宰燮的外号。我就这样知道了宰燮大哥坐牢的事。宰燮大哥偷过东西。他隔几个月回一次家，把电唱机、电视等赃物放进兄弟们的小卧室，折腾些时间之后卖掉，然后消失不见。近来公司渐渐安全，收入也高了，他学了技术后加入公司工作。宰燮大哥没有学历，不可能进入普通公司，只是把小偷团伙叫公司罢了，宰明大哥给我解释。

肩膀放松，胳膊也放松，压进去打的时候再发力，听懂了吗？格兰迪教练说什么细乌，动不动就说呃格莱细乌、呃格莱细乌，你学过英语，应该知道吧？

开始我没听懂，后来才知道他说的是英语单词aggressive，表示"有侵略性的、好斗的"意思的形容词。

第一次跟老根去他家的时候，我有点儿吃惊。他们家和贫民区的其他人家一样，墙砖都是破的，水泥地，不过足足比我们家大两倍。虽然没有院落，贴在路边，也没有厕所，然而从中间打穿两个小房子，合成一家，看起来真是不错。一个大房间，两个小房间，中间是宽敞的客厅。客厅对面的大房间里住着十几个擦皮鞋的孩子，母亲和妙顺住在厨房旁边的房间，宰明和宰根住小卧室。客厅后面看得见后排人家的台基。屋檐遮住阳光，房间里面黑漆漆的，那里放着个大水桶。孩子们轮流去公共水龙头提水，倒进缸里，用来洗脸刷牙，洗手洗脚。

吃饭时间到了，客厅里摆起了木板搭成的长条饭桌。宰明哥坐下之后，孩子们围坐在两侧。我坐在宰明哥对面，老根坐在哥哥旁边。母亲在厨房用大锅煮面片汤，每人盛一碗。妙顺逐一端上饭桌。母亲和妙顺坐在桌角，开始吃饭。所谓面片汤，就是拿勺子舀出稀面糊，再用筷子搅拌、分离，就做成了。吃起来软软乎乎，时间长了就像喝面汤。也许是面粉质量不好的缘故，面片呈黄色，汤也不是鳀鱼高汤，只是清水加酱油，切入几片南瓜，勉强有了面片汤的模样。只有宰明哥面前放着一碗雪白的米饭。母亲、妙顺和老根都只有面片汤，唯独宰明哥可以吃米饭。菜就是鲜嫩得仿佛还在呼吸的绿色白菜叶撒辣椒面做成的生腌咸菜。宰明哥拿起勺子，迟疑片刻，递给我，说：

今天你是客人，我们换着吃怎么样？

话音未落，孩子们锐利的视线就齐刷刷地射向我。我感觉头发都竖起来了。

不，我喜欢面片汤。我说。

宰明哥舀起一勺米饭，吃了下去。所有人的视线这才回到自己的面片汤碗。米饭是负责全家生计的家长独享的严肃权利。那个场面，我至今难忘。

我们店里炸鱼饼的时候，如果发现因操作失误而导致鱼饼破碎或边角残缺，父亲就用夹子夹起来，扔到操作台的角落。父亲做好了鱼饼面团，两位帮忙的姐姐就在大油锅旁的操作台上用方形模具切成合适的大小和形状，轻轻扔进油锅，动作灵巧而机械。熟透的鱼饼浮在油上面，父亲捞出来，有商品价值的放在左边，破碎的扔到右边。母亲在旁边数数，摆放整齐，或者根据点餐量装入盒子，同时接待顾客。为了冷却刚刚捞出锅的鱼饼，庞大的电风扇从早到晚转个不停，发出刺耳的响声。

弟弟和我放学回来，就拿稍微破碎被扔到角落的热乎鱼饼充饥。填饱肚子，我们互相指着油乎乎的嘴巴，叽叽喳喳。母亲收集起当天的碎鱼饼，我和弟弟负责捆成捆，分给平时欠人情或者以后要好好相处的人家。帮我们家和市场的人接水、收辛苦费的爷爷，以及清洁工休息室、监督岗也是需要关照的。偶尔也会送给宰明哥他们家。对于擦皮鞋的孩子们来说，那天就像过节。因此，我们兄弟俩没多久就在附近占据了有利地位。大人们主动问我们去哪里，放学了没有。准备晚饭的时候，如果我们兄弟中的某个人出现在谁家门前，那家的女主人就会眉开眼笑地说，多亏了我们，不用操心晚饭了。

父亲有空就帮周围的商人们写官方文件，或者帮助闻讯找来的人写东西。后来我才知道，邻居们称呼我们家的时候不是叫"鱼饼家"，而是"学生家"。我们这里只有两名高中生。除了我，还有个女高中生，也就是面馆家的女儿车顺雅。

那时好像因为水稻不足，政府鼓励人们吃杂粮和面食。每到午餐时间，学校都会检查学生的便当，带白米饭的孩子会被打手心。美国援助的面粉叫"握手牌"，最初由洞[1]事务所发放，后来流入市场。家家户户的午饭都是面片汤或刀削面，尤其是机器压得很细的面条，没嚼几下就滑入喉咙了。不论是汤煮，还是调料拌，我们全家都很喜欢。如果再加上鳀鱼高汤，切上几块鱼饼，那就是孩子们的节日了。我们兄弟俩有点儿吃腻了，不过鱼饼毕竟是炸好的鱼肉，完全可以代替其他肉类。鱼饼和面条是贫民区的人们最喜欢的食物。中央路第三个十字路口有一条通往我们家的胡同，下面是进入宰明哥家的胡同，正下方是公用水龙头所在的第一个十字路口，左侧拐角处就是顺雅家的面馆。

我们卖鱼饼后没多久，大概是高二那年的秋天，母亲用报纸包起许多零碎的鱼饼，让我送到面馆。我莫名地心跳加速。我认识顺雅，上学路上遇到过几次。我们附近十来岁的孩子，如果不认识她，要么是新搬来的，要么是脑子有问题。她是面馆家的女儿，住在大家提水

---

[1]. 韩国行政区划单位，相当于国内的街道。——编注

的公用水龙头前的房子。每天早晨,她都穿着白衣领熨烫整齐的校服,梳着两条羊角辫,走过达谷市场大道去公交车站。看起来真有鹤立鸡群的感觉。最重要的是,她是那种远看就很显眼的美女。高鼻梁、大眼睛、白皙的皮肤,神情总是冷冰冰。虽说笑容最美,不过女人稍显淡漠和冰冷,让人感觉凛然不可侵犯,那才更令男人动容。这是老根的看法,也是宰明哥的见解。我的感觉也差不多。我们彼此心照不宣,各自心里都喜欢顺雅。

带着包好的鱼饼,我有点儿兴奋,快步走向公用水龙头的方向。我的脚步却又越来越慢。不知为什么,报纸里的鱼饼让我感到惭愧。总觉得水管边有人发现了报纸上渗出的油迹。难道就送点儿零碎的鱼饼吗?我沉浸在自卑之中喃喃自语。终于到了她家门前,上面挂着方形招牌,写着"面条",带有玻璃窗的格子门上面贴着一张纸,端端正正地写着"卖面条"。我想这些字肯定出自她的手笔。

打开玻璃门,两个打通的房间里摆放着面条机,每个轮子都连着传动带转动。大路旁的院子里,高如围墙的干燥台上总是摆满了面条,像晾衣服似的。有时我从公用水龙头旁经过,看见他们家人抬着面条往干燥台上摆放。开门之后,我立刻看见右边案板上堆着用纸包好的干面条。我也买过几次这样的面条。

我开门进去,却没见到人。有人吗?我问。她从里面的房间探出头来。看见是我,她含含糊糊地点了点头。她朝我走过来,站在旁边,拿起那捆面条。我似乎闻到了清香的味道。

不,我不是来买面条的……这个给你。

她一眼就认出了我递过的报纸里包着什么东西。

啊,肯定很好吃!

她冲我笑,露出整齐的牙齿。她的笑让我又心痛又郁闷,仿佛受到了沉重的打击。

谢谢。

我没有回答,急忙转过身。

她说:等一下,这个你带上吧。

她拿起一捆面条,递给我。我稀里糊涂地接过来,刚出门口就后悔了。如果不是她父母给的,我应该谢绝才对,可是怎么能拒绝呢?我把面条夹在腰间,面红耳赤地跑回了家,生怕被别人看到。

对我来说，女高中生不过是在上学放学的公交车上或者路边经常遇到的孩子罢了，然而对于住在贫民区不能上学的孩子们来说，女高中生就像高不可攀的大树。有一次我穿着校服去宰明哥家，妙顺从厨房里出来，说道：

哎呀，吓我一跳！敏宇哥哥好帅。我第一次见你穿校服，就像电影里出现的东京帝国大学[1]的学生。

当时我想，我可能无法长期和他们在一起。直到现在这种感觉仍然很清晰。不管心里怎么想，我一定要好好对他们。也许在山上第一次遇到老根兄弟和擦鞋孩子们的时候，我的态度就已经很明确了。

宰明哥工作的地方是附近最好的地段，很多人都眼红。宰明哥手腕高超，头脑聪明，把擦鞋摊管理得有声有色。现代剧场那边，做招牌的部长和图像技术师被他认作伯伯、叔叔，后来通过他们和社长确定了管理费。据说摊位费要付整租。每个地方都少不了流氓地痞，宰

---

1. 现东京大学旧称。——编注

明哥在初创期也参与了几场争位大战,后来很自然地得到了认可。听人说路对面的丁字路口帮最厉害,竟然也和宰明哥成了朋友的朋友。他们不敢轻视宰明哥。

第二个擦鞋摊位于剧场旁边的胡同里,那边有烤肉店万石会馆。宰明哥的孩子们轮流值日,负责打扫餐厅内外的卫生,看守鞋摊,阻挡住商贩和乞丐,自然而然就守住了这块地盘。达谷市场门口是三层的建筑物,一层开有故乡茶馆。这里地段好,行人多,总是挤满了客人。不过,这里靠近大路边,擦起鞋来有点儿尴尬,于是就在不远处的胡同里搭了个像露天酒吧的帐篷,作为擦鞋的地方。宰明哥大部分时间都在现代剧场门前,负责万石会馆这边。故乡茶馆附近则由老根带着三个孩子负责。因为有了宰明哥,现代剧场每次放映好电影,我都可以免费观看。他在门口推着我的背,冲检票员叔叔点点头,我就顺利通过了。

有一天,故乡茶馆附近发生了纠纷。老根正带领擦鞋童们干活儿,一个出去收鞋的孩子回来了,嘴唇裂开,说是几个从没见过的人在入口处摆了几把椅子,开始干活儿了。收鞋的孩子没能进入茶馆,就在门口挨了顿打。擦鞋的孩子们气呼呼要冲过去,却被老根拦住了。他自己去了茶馆门前。果然像刚才那个孩子说的一样,三个家伙在门口摆了两把椅子接待客人,面前摆着几双从茶馆收来的皮鞋。老根上前搭话。他没去啰唆什么你们从哪儿来、谁让你们在这里干活儿、这是我们的地盘,等等。而是单刀直入地说:

谁打的人?

一个比小个子老根更矮的家伙皱着眉头站了起来。

你们以后到别处去吧,这是我们的地盘了。

老根哭笑不得,反问道:

这里怎么就成了你们的地盘?

矮个子家伙理直气壮地说道:

我们得到了房主的许可。

老根扑哧笑了,转过身去。他知道宰明哥会怎样处理对方,因此没有直接回应。

没到一天时间,宰明哥和老根就弄清了对方的底细。那小子外号叫"大块",比老根大一岁,跟我同岁。两三个月前从上面背阴的山麓地带搬到这里,原来住在大路对面的贫民区,所以也认识丁字路口帮的人。大块是跆拳道黑带。我这才想起来，几个月前故乡茶馆的二层新开了一家跆拳道馆。馆里的师傅是比宰明哥大三四岁的青年，跆拳道三段。大块在那里教小孩，所以带着几个孩子找到擦鞋的地方，干起了副业。宰明哥当即做了决定。

小事儿，故乡茶馆那边收手吧。

什么，那我怎么办？老根气急败坏地说。

我在旁边听了，也跟着发表意见：

这不好吧。传出去都以为我们退缩了。

这件事不能急。老根，你从明天开始到丁字路口那边的店铺转转，收皮鞋。

我们都很不满地闭上了嘴巴。见我们没有反应，大块更加大胆，竟然来到老根的擦鞋摊，从几个擦鞋童手中抢走了钱。老根终于冲宰明哥爆发了怒火。

哥，你认怂了吗？受到这样的羞辱，如果我们还不吭声，以后没法在这里混了。

在达谷，没有人敢轻视宰明哥。正是凭借这份影响力，他才在大路边占据了最好的位置。现在出了个大块，另起炉灶，身边聚集了七八名小喽啰。住在东大门外和达谷的日子里，我见过很多贫民区的孩子，他们几乎都是无人问津、自己长大。早早辍学，几个人抱团鬼混，在住宅区摆地摊或者小偷小摸，稍微长大之后，有的也会进工厂打工。等入伍年龄到了，大部分都要离开家。

几个月不见人影的宰燮哥正好回了家，听老根说了附近形势发生变化的事。弟弟从摊位上回来，宰燮哥问起这段时间的事情。宰明哥解释说：

我只是不想惹是生非。跆拳道馆的师傅不好惹，我在等待机会。

哎呀，你是谁，你是蟹蟹的弟弟宰明啊？合气道、柔道、拳击都学过，难道你要伸手跟人讨赏饭吗？明天就找他们较量较量。

第二天，兄弟俩带着三个稍大点儿的擦鞋童，去了达谷市场。来到故乡茶馆门前，没见到大块。问擦鞋童大块去哪儿了，他们说大块正在给初级班上课。兄弟俩风风火火跑到二楼，完全没有理会站在那里运气发力的大块，把擦鞋的孩子们全部赶到外面。师傅把教孩子的工作交给大块，自己出去办事了。

臭小子,终于见到你了!宰明哥怒吼道。

大块摆出进攻的姿势,翘起前脚掌。

我们来个正式的较量吧。

哎哟,看这小子造型还挺酷。

宰明哥弯腰躲开大块的腿,闪到侧面,朝着他的下巴来了两记勾拳。大块应声倒地。

你是黑带很了不起吗?站起来,王八蛋。

说完,宰明哥揪住大块的衣领,朝他的小腹踢了一脚。大块像大虾似的弯了腰,躺在地上乱扑腾。宰燮哥摘下挂在墙上的镜子、相框之类的,扔到地上。宰明哥警告大块说:

你这个兔崽子,抢孩子们的钱是吧?以前我懒得理你,现在我不想放过你了。我知道你家在哪里,也知道你父亲干活儿的工地。不好意思,故乡茶馆这片,你最好赶紧收手。你要再敢迈进一步,你就死定了。好自为之吧。

留下蜷缩在碎玻璃片上的大块,兄弟俩扬长而去。他们估计师傅回来肯定要去找他们。

沿着达谷中间的大路往上走,经过我们家胡同前的十字路口，走到路的尽头，分为左右两侧。不论朝哪边走，都会到达山顶。断开的路旁有条小路，那是石头砌成的台阶，可以直接上去。到达山顶之前有一片空地，应该是有人想改造成农田，后来放弃了。从那儿往下看，我们小区下面的市场一览无余，有的地方还有小巷和内院。山顶空地是男女老少聚集的地方，这里却是只有我们聚集的场所。那时，大块应该也很清楚我们在这里集合。太阳落山的时候，放哨的孩子说他们上来了。宰燮哥和宰明哥隔着象棋盘端坐不动，我们围在四周。通过小路先上来的大块回过头去，身材魁梧的师傅走上前来。

谁干的？哪个浑蛋到馆里破坏器材？

宰燮哥做了个手势，说道：

你就是师傅？过来坐吧。

宰明哥从棋盘前站起来，腾出位置。尽管我们围成了圈，师傅还是毫不犹豫地走了过来。宰燮哥坐在棋盘前说：

我很想打一场，不过先听我说句话吧。

师傅一副好像马上就要往上冲的架势，红着脸，握紧拳头。

哪儿来那么多废话，兔崽子。

师傅走到跟前，宰燮哥摆着双臂，胡说八道起来：

不不，等一等！先听我说，如果这是擦鞋摊的话，这里就是跆拳道馆。

说着，他把象棋子放在棋盘上，落地有声。师傅不由自主地弯腰去看棋盘。一刹那，宰燮哥迅速起身，膝盖朝着上身前倾的师傅脸上顶去。啪的一声，对方被击中要害，身体失去平衡。宰燮哥双手抓住他的脑袋，连连顶膝。事情来得太突然，大块和他带来的两个人愣住了。师傅已经昏迷不醒，浑身是血。宰燮哥提起他的两腋，拖到山坡尽头扑通一声放下，威胁他们说：

我就在这里，你们想报警的话，随便。兔崽子，搬到别的地方就应该老老实实，好好跟人家相处，你们却欺负小孩子？你们老老实实地教你们的运动，否则我放火烧了你们的跆拳道馆。

说完，宰燮哥把倒在地上的师傅踢到山坡下面，像清理抹布似的。他从山上骨碌碌地滚下来，然后就趴在路上一动不动了。

消息不胫而走，连丁字路口对面的邻村都知道了。什么上下总共掉了十颗牙，什么鼻梁骨塌了，什么住院八周，人们众说纷纭。片区警察署的警察也来过了。打架输了报警，这让跆拳道馆师傅的脸上更不好看了。

目睹这样的经过，我开始思考世事的惨烈。这个小小的地狱就是外面世界的缩影。我上了高三，深深地感受到必须确定前途，还要努力拼搏的紧迫。那时的我情窦初开，可我下定决心无论如何都要离开这个地方，于是专心致志地准备高考。

得知我们社区的孩子几乎都喜欢面馆家的女儿车顺雅的时候，我已经深深地爱上她了。首先，不知从什么时候开始老根负责帮我们家提水。我夸他，说他勤快，几个擦鞋的孩子你看看我、我看看你，露出微妙的笑容。宰明哥说，他会白干活儿吗？还不是想多看看顺雅。

我这才想起来，公用水龙头附近就是面馆。有一天，宰明哥突然往面馆门上贴了现代剧场正在上映的电影海报，还送了电影票。听老根说，大块隔三岔五就去买面条。宰明哥家里条件好了，不再吃面片汤，而是经常煮面条了。妙顺看出了哥哥们的心思,声泪俱下地说自己也想像顺雅姐姐那样上学。

我在上学、放学路上,或者在公交车上,都能经常遇见顺雅。有一天我上了公交车,发现顺雅就坐在我前面。她轻轻拉过我的包,放在膝盖上自己的书包上面。我难为情地笑着点头。也许是因为贫民区只有我们两名学生吧,顺雅毫无顾忌地跟我说话:

哎哟,这是北部图书馆的书呢。

她拿起从我书包里滑出来的书,说道。

我很高兴地说:你去过那儿吗?

当然了,我也在那儿借过书……

后来我们就没什么话可说了。下车之后就是市场胡同,我们只能假装不认识。快到站了,我的心越来越急。

星期五我要去借书,要不要一起去?

放学后几点?

四点半左右?

到时候看看再说。

图书馆位于我们学校和顺雅的学校之间。六点钟关门，时间来得及。那天很幸运地下起了雨。我故意没带雨伞，就和她共用一把。后来我又见过顺雅几次，高考之后的几个月里，我经常约她去市里的中心大街。奇怪的是从那时开始，我和她之间的回忆就连不起来，前后错乱了。这也许是理所当然的事，毕竟几十年来我们都生活在截然不同的世界。

4

　　早晨，开启新一天的种种噪声都争先恐后醒来，让人的神经变得异常敏锐。客人少了，我打了个盹儿。听见开门声，我吓了一跳，连忙睁开眼睛，平时并不在意的汽车噪声充斥我的脑海。最近几天快要演出了，还有彩排和各种准备工作，上午小睡片刻，然后奔波终日，所以一个小时的加班格外令人疲惫。每当我使劲摇头驱散困意的时候，感觉都像捅了马蜂窝似的，成群的马蜂在周围飞来飞去，眼前一片漆黑。像这样筋疲力竭连起身都困难的日子，我会莫名其妙地想起黑衬衫金敏宇。曾经有段时间，只要在路上看见身穿黑衬衫、头戴棒球帽、大步流星走路的男人的背影，我的心就会猛然一沉。只要听到配送比萨的摩托车声，我的胃里也会翻江倒海，像晕车。我是解雇者。什么？名字就叫雇者吗？怎么会有这样的名字？我哈哈大笑。他面不改色地说：不，我被解雇了。

　　第一次见到他是我在比萨店打工的时候，倒不是因为我在服务的时候和身为客人的他互生好感。他和我一样，也是比萨店的服务员。除了店长，其他都是二十来岁的男女服务员，而他看上去稍显不同。就像新学期的教室里来了从部队复员的复学生，他给人的感觉有些老气横秋。三十一岁的他负责外卖配送。金敏宇总是穿着黑色的衬衫，不同的只有胸前的英文字母或图案，还有就是随着季节变化，袖子的长短和厚度也会稍有不同，但四季都是黑色。不过除了我，应该没人问他为什么只穿黑衬衫。他的回答非常简单，就像回答别的问题那样。因为洗衣服麻烦，怎么了？所以服务员都不叫他金敏宇，而是叫他"黑衬衫"。作为同事，我们彼此之间并不是很亲近，说得俗气点儿，就是"像牛看鸡一样"漠不关心。

也许是我看起来比较豁达，而且体力很好的缘故，比萨店店长让我帮忙干厨房的活儿。我不会做饼，倒是可以根据种类添加配料，或者分切和整理食材。有几次我放错了食材，店长便立刻确定了我的实习时长，还连续三个月扣减我的工资。当时我听说打工也需要签订劳动合同，然而对方没说，我以为会按照常规处理就没在意。一个月后，我准确了解了各种比萨的食谱，默默地坚持过了两个月的实习期。拿到第四个月的工资，却发现还是和上月一样的实习工资。我找店长理论，店长说我中间有两天无故旷工，影响了工资。我说扣掉三十万元是不是太过分了，对方却说实习期还要延长。我无力推翻店长的说法。一个成年人在首尔生活下去一个月需要一百六十万元，我的工资只有一百万元，而且到手的只有一半，相当于每小时的工资仅三千元。

我和店长争吵了半天，简短地说了句明天不干了。我正准备出来，"黑衬衫"拦住了我。他反驳店长，问为什么不签劳动合同,这难道不是违法吗?实习期三个月,应该在应聘时予以告知,实习期结束就应该按正式工资结算,他不急不缓地说。店长说这不是他的错,人家本人都接受了,然后就不再理会他。"黑衬衫"慢慢脱掉印有店铺标志的上衣,说自己也要辞职。他说明天要向雇佣劳动部和地区雇佣中心举报。店长嗤之以鼻,说随便吧。然后,我以我的方式、他以他的方式离开了比萨店。

现在我已经放弃了,只要工资和劳动量相对合理,我就不会多说什么。便利店的时薪是四千五百元,而我上的是夜班,还是超时工作,应该多拿百分之五十。如果每周五天工作制,至少应该有一天休假工资。而我每天夜班时间十个小时,工资是六万元,条件是下班时间直接拿到当天的工资。几年前,我还是面对不合理绝不含糊,必须讨回公道的性格,现在已经懒得跟人计较,学会了适当妥协。

几天后,我们正在小剧场排练,有人来找我。是"黑衬衫"。他让我上了他那辆发动机噪声很大的旧卡鲁波吉普车,去了以前工作的比萨店。等在那里的店长递给我们装有三十万元的信封。我展开信封，只用眼睛估了估，然后对折，准备塞进裤兜。这时，"黑衬衫"迅速地夺了过去。

这样会被人偷走的，好好放进包里。

意外之财，我们去吃饭吧。

我有种发了横财的感觉，又觉得自己嘴巴一抹直接走掉有点儿心虚，就说了这样的话。他默默地环顾四周，走向视线范围内的米肠汤店。他走在前面，自言自语道：

现在的姑娘真不懂事。

我问他怎么会发生这样的奇迹。原来他并没有向雇佣劳动部和雇佣中心举报。他很清楚规定只是规定，即使举报了，小金额也不会如数向雇主索要，甚至都不会通报。他先让朋友给店长打电话，威胁说接到举报，为什么要把事情处理得如此令人头痛。随后他又做了横幅，上面写了带有煽动性的大字，从客人多起来的午饭时间到晚饭时间，一直举着横幅站在店门前。店长正在别的店里，接到电话赶了过来，观察情况之后，跟他达成了和解。他说以后即使是按时间计算薪酬的工作，也要签订劳动合同。只有签了这个合同,签约时间、工作时间、工作内容和相应薪酬才能得到保障。

通过他的介绍,一周后我在大学路的咖啡厅找到了工作。他说他以前在大企业的建筑公司工作,失业后凭着两三份兼职勉强度日。偶尔我会遇到他,主要是他在下班时间来到我工作的地方,或者我导演的话剧演出的日子,邀请他来小剧场观看。我们成了亲密无间的朋友,在外人看来就像交往多年的恋人。不过,我们两个都知道自己的情况不适合谈什么恋爱,所以不约而同地维持着适当的距离。单独相处会有种暧昧的感觉,我们彼此都知道,却又故作泰然地乐在其中。偶尔见面喝酒,诉说心事,突然想哭的时候,我会茫然地注视着印在他黑衬衫上的文字和图案,赶紧开个玩笑,转移话题。

他毕业于专科大学,由单身母亲一手养大。公益勤务兵复员之后,二十岁出头的他在某公司工作了八年,不过不是正式员工。对我来说,他还是深谙世事的前辈。我身边同龄的朋友们都像追逐虚妄的海市蜃楼的愣头青,也许是这个缘故吧,他显得更沉稳、更成熟。起先我不了解他的家庭状况,也不了解他周围的朋友,甚至也没问过。不知为什么,他看上去像没有朋友的样子。这点我也差不多。那些在话剧圈结识的朋友,不论演员还是导演,工作结束就回归各自的生活,再见面都是在舞台上了。这是和日常生活相距甚远的假想世界。尽管他上过专科大学,却不比高中生好多少。硕士、博士毕业找不到工作的人比比皆是,身处这样的社会环境,他的失业也是理所当然。

起先他做的是日工,幸运地引起现场技师的注意,成为建筑公司的临时工。他担任资材劳务管理助手,工作脚踏实地,然而每到年底还是要续约,这样才能保证他工作到第二年。他必须承受这种和正式职工之间的差别待遇。年休和教育福利等完全不必期待,工资不到正式职工的一半,也根本没有各种奖金。聚餐时总要察言观色,参与不了别人的话题,只能默默吃喝,第一轮结束就离开了。

金敏宇本来也不是话多的人。那件事发生之前的几个月,他的话越来越少。主要是我说,他默默地倾听。很多时候他只是坐着发呆。尽管这样,我还是觉得和他在一起吃饭喝酒或做事很轻松,就是因为他通情达理,从不在我面前强调自己的存在,也不会要求什么,自由自在得就像独处。有一次我们在酒吧喝酒,偶然遇到了话剧同事,我介绍说金敏宇是我的表哥。说完之后,我真的感觉他就像和我一起长大的表哥。

快到上班时间了,便利店里的客人逐渐多了起来。买罐装咖啡带走的人;昨天夜里好像喝了酒,眉头紧皱地喝口服液的公司职员;往大碗面里倒热水,放在窗边桌子上吃的年轻人;上班路上买便当作早餐的便当族;打包带走三明治和饮料的女人。老板大叔九点钟准时来和我换班。明明可以比平时多睡一个小时,然而他还是浮肿着脸来到店里,四下里看看。我摘下围裙,背上背包,在柜台前静静地等待。确定没有问题之后,他数出六万元递给我。

今天不要迟到。

大叔提醒我道。

昨天真是不好意思。

今天是最后一次彩排,而且又是"火热星期五"。后天和大后天是周末兼职生代替我来店里上班。

乘上开往市郊的公交车，车上有很多空位。这个时候，开往首尔市中心的公交车应该满员了。我刚坐下就开始打盹儿。不过快到下车的时候，我的眼皮自然而然地睁开了。

我走上山坡路，贴着阴暗壁砖的联排住宅排列在两旁。这时，我听见手机发出短信提示音。

下班了吗？今天辛苦了。听说明天开始演出？如果我明天去不了，后天一定去。有段时间没见，想你了。

原来是金敏宇的母亲发来的短信。我停下脚步回复。

您应该出去工作了吧。我到家门口了。好累好累。嘻嘻。能来的时候给我打电话。演出结束后我们一起喝酒，好久没喝了。^^

本想走通往地下的楼梯，我又转身向上走。三楼以下的过道两侧都是单间,四层楼是房东家。那是一对退休的老夫妇,阿姨文雅而温柔。我按了门铃。阿姨开门探出头来,她知道我这个时间是从哪里回来。我拿出三十万元,递了过去。

已经拖欠两个月了吧?现在先给您一个月的。演出结束后,再把剩余的给您。

阿姨连连咂舌。

这样昼夜颠倒,对健康真的很不好……你最近脸色不太好,有没有按时吃饭啊?

当然了,都是为了谋生。

我笑着转过身去,阿姨叫住了我。

等一下,我给你点儿东西。

她递给我的是从农村寄来的腌芥菜。鱼酱咸滋滋的味道让我忍不住流口水。我说谢谢。她问:还有米吧?互道再见之后,我慢慢下楼,站在黑漆漆的半地下室门前。

5

　　崔胜权的电话打到了办公室,说是有个"亚洲世界"会议,还要和林会长共进午餐。我漫不经心地接完电话,却不能拒绝。因为距离汉江数字中心开业还有几个月时间。林会长和大东建设的资金困难以及涉嫌腐败问题已经多次见诸报端。不过,最近整个建筑行业都面临着不景气。"亚洲世界"项目是在两次更换策划企业和政府部门的过程中留下的课题。我刚刚负责汉江数字中心设计的初期，林会长还没有兴趣，或者对此不了解。也许是崔胜权推进的这个项目。他是我大学同学的弟弟。

他的哥哥崔胜日是美术系的学生。我考入建筑系，对绘画产生兴趣的时候，有位同届校友向我介绍了胜日常去的画室。胜日在大学前辈创办的面向高考生的画室里打工，做助手。他是首尔土著，出生在比较开放的中产家庭。父亲是大学教授，母亲是著名设计师。我去过他家几次，他们兄弟俩毫无顾忌地和父亲一起喝酒，一起抽烟，这让我多少有些惊讶。最让我羡慕的是他们家的书房，宽敞如客厅，排列的书架直抵天花板。多亏胜日，我才能熟练地素描和写生。遗憾的是，大学毕业后他遭遇车祸去世。平时只要喝一杯酒就会倒头大睡的他，那天不知为什么喝得酩酊大醉，跑上车道去打车，被一辆急转弯准备进站的公交车撞倒。后来听胜权说，那天是胜日失恋的日子。当时我在贤山建筑公司做小时制实习生，忙得不可开交，别说参加葬礼，连他去世的消息都不知道。

留学归来，我回到贤山建筑公司做了室长。有一年,他的弟弟崔胜权给我打电话。出于业务需要,他打听到了我。当时他像万事通似的对建筑、设计都有很多见解。他供职于大企业下属的广告公司,后来到外国企业担任广告代理,然后自己开了广告公司,用他自己的话说,"赚够了养家糊口的钱",就终止了所有的生意。他的大部分财产好像都是不动产。

他把文化和经营两个看似风马牛不相及的概念结合起来,出书、演讲,吸引了很多人。他负责好像名为"诗·句"的文化财团,看起来像是闲散人士的社交俱乐部。近几年我接到他的邀请,参加过两三次。一起吃自助餐,交换名片,召集知名人士听演讲,根据当天的气氛,跟随拥有别墅的会员继续联欢。他们充满善意的话语和斯文的态度令人厌倦,难以忍受,不过我还是成功地忍住了。因为我觉得自己多少也能理解他们的孤独和不安,他们只能不停地追逐向阳地。人生好不容易实现了小小的岌岌可危的成功,必须变得更牢固,更庞大。我走过的路和崔胜权的路并没有什么不同,只是我对世界更冷漠而已。

好像是去年吧,大东建设的林会长联系到我。我去吃晚饭的时候，崔胜权已经等在那里了。几年不见，他的语调一如从前，还是文化决定世间万事的语气。

您果然朋友遍天下。这个人您是怎么认识的？

听我这样问，林说：

啊，我们都去同一家教会。

提起教会，林会长的话多了起来。

因为这个人，我们夫妻俩开始参加凌晨礼拜了。

他说教会的规模不大，聚集而来的都是熟人。教会小而安静，还是自己请的牧师。他提到了另外几个有政界著名人士参加的教会。

那也算是某种上流社会的社交俱乐部。我们只是单纯的信仰共同体。

林会长提出了"亚洲世界"的策划案，到了后半部分，崔胜权做了更详细的说明。我有在贤山建筑公司供职和自己创办事务所的履历，大概也能看出这种事是什么性质。执行力的强弱取决于当权者的关注点。何况是在首尔郊外，京畿道知事是谁、是否属于执政党，这是很重要的出发点。这个策划案由崔胜权带来。他已经搭好了桥，工作开始后，这座桥会变得更为坚固。这种人不管在什么时候，都会不断拓宽社交范围，四处搭桥。站在向阳地是很简单的。观察掌握权力的人说什么，然后不是说同样的话，而是想出相似的词语，证明自己本来就有同样的立场。有时这种方式行得通，有时也会遭遇挫折。即使遭遇挫折，也不会被推出很远，因为他们已经让对方相信自己的本意单纯而善良，并不会对主流社会造成伤害。尽管无聊而庸俗，不过中产阶层坚信这是完美的见识。

不露心迹渐渐地变成了我的天性，我常常笑而不语。总之，我也不容置疑地成为他们中的一员。

我乘坐公司的车去了首尔郊外。原野里稀稀落落地分布着几个住宅区，边缘是新建的现代化大厦。有的地方只是支起了架子，有的正急匆匆地用金属和玻璃装饰混凝土外壁。

等候的职员带我去了挂着"亚洲世界"筹备委员会牌子的办公室。林会长热情地迎接了我，崔胜权在准备说明会。道政府派出的负责人、文化部来的局长、金融公司的人、银行领导、不认识的年轻人，坐在会长身旁。会长说：

在座的各位都很忙，我们快点儿开始吧。

是的，我在别处还有个聚会需要参加。

年轻人窃窃私语地提醒崔胜权。他立刻打开投影仪，朝着屏幕举起指示棒。屏幕上出现了我们办公室制作的总体规划和鸟瞰图。他谈了会儿韩流，韩国流行音乐、电视剧和电影等大众艺术席卷亚洲乃至全世界，因此有必要建立能够成为文化资讯生产基地的中心。这话已经听了好多年，不过大家还是强忍着听了下去。仅凭生产基地，很难长期维持创意性的工作，所以需要大型购物中心、酒店、餐厅等附属设施来提高场地的利用价值。首先，电影和电视剧摄影棚可以展示实际拍摄现场，音乐、美术、影像等各行各业的文化艺术人士的工作室也应该公开。作为大规模娱乐室的水疗和奥特莱斯卖场可以安排在地上和地下，这些都以图片形式进行展示。随后还展示了穹顶式演出大厅和剧场。他说目前仁川机场每年有数百万人次的换乘乘客，因此提出了针对这部分客户的短期观光计划。我们还提到了首尔西部地区，从密集的服装到电子产品，退货产品和库存产品的仓库数量，有理有据地提出了综合奥特莱斯的可能性。

图纸就是把这些意图加以综合和细分的产物。

说明会不到一个小时就结束了，年轻人率先站了起来。用书面形式发给我吧。他简短说完，就离开了。后来崔胜权好不容易把他叫回来，他小声说自己是从"大宅"来的这里。崔胜权约我吃午饭，我说还有别的聚会，也走了。我是准备参加金基荣前辈的回顾展开幕式。沿着来时路往回走，感觉自己好像逃出了另一个世界的隧道。一切都是梦。难道不是吗？尚未实现的欲望之梦在延续，呈现出现实般的实体，继而这个实体也变成梦流逝。原野上稀稀落落的钢筋水泥建筑物不再像从前那样，仿佛游戏机里的假想世界。

在展厅入口，我遇到了李永彬教授和建筑师张某、姜某。观众大多是学生、建筑界和文化界人士。有人认识金前辈，也有人根本不知他是谁。展品包括他的各种写生、素描、建筑设计草稿等，以及单独展示建筑模型的房间和图片视频资料室。他在视频中说：

> 殖民地时期，我们的建筑是对日本复制欧洲

的不伦不类的近代作品进行复制。中央政府和首尔火车站都是如此。战争结束后,凄惨破碎的废墟上出现了用并不充足的建筑材料和资金修建的临时建筑,不到十年就要重新修建。房地产商修建的百姓住宅和贫民区制造了很多道路和胡同。生活条件稍微变好,逐渐出现了对传统进行重新诠释的混凝土加丹青模式。这个时期之前是属于前辈们的工作,下一代主要是拆迁重建和打造盒子式样的小区和水泥地丛林。为此我们付出的代价是把众多同胞驱赶到扭曲的欲望空间。所谓建筑,不是粉碎记忆,而是以记忆为背景对人们的生活进行细致的重组。在实现这个共同的梦想的路上,我们已经失败了很多次。

他负责的山沟小镇项目在视频中播放。他在乡村的廊台上握着老太太的手。想要建什么?面[1]事务所。别建这种东西。跟我们没有任何关系。那你希望建什么?

---

1. 面,韩国行政区划之一,在郡之下,里之上,相当于中国的乡。——编注

给我建个澡堂吧。从早到晚在田里干活儿，浑身是汗，女人连个洗澡的地方都没有，老人浑身酸疼，也没个地方泡泡澡休息休息。好，我们一定建澡堂。你的话可信吗？当然了，一定会的。紧紧相握的两只手形成鲜明的对比，充满了屏幕。每天握笔的建筑师，手指细长；老太太的手皱巴巴的，像枯树枝。

金基荣在画廊办公室里面休息。看过展厅的朋友们陆续围拢过来，有坐有立。我坐在金前辈身旁。

谢谢你帮忙。

没想到您做了那么多事。

我这样说是发自真心。单单是从过去几十年城市多彩变化的角度来看，他做的事简直不值一提，也就是我和同事们经常在背后嘲讽的"天真无邪"，然而放到外地中小城市和穷乡僻壤，他做的事情几乎都是打造小小的公共空间。这是他的特色所在。从照片上看也像玩具似的小巧玲珑。李永彬教授问我：

你没去现场看过吧？

我没有回答。金前辈用呼噜呼噜的微弱声音说道：

朴兄总是很忙，哪有时间去这种地方。

我偶然去过济州岛试验泥土房的地方。

啊,那是已经取消的项目。赚不到钱的事,结果都是这样。

我们没再说话,只是怔怔地望着进进出出的人们。周围的人们都知道他命不久矣,所以尽量少说话。他坐着轮椅回医院去了,围拢的人们纷纷散去,仿佛等待已久。

李永彬问要不要喝杯酒,我借口有事离开了。回到家,我独自喝了几杯威士忌,突然想起什么,连忙给车顺雅打电话。我不知道为什么会这样,好像缺了些什么。醉酒归来的第二天、胃疼醒来的时候、独自吃饭的时候、用洗衣机洗内裤袜子的时候、往晾衣架上挂衣服的时候、重感冒的时候,还有就是像现在这样凄凉如饥饿般汹涌而至的时候。刚刚拨完电话号码,手机里响起"您拨打的号码是空号,请确认后再拨"。

金基荣前辈在回顾展后一直卧床不起,最后在八月中旬某个酷热的夏日离开了人世。现在已经变成一捧灰,放在骨灰堂了。人们以此为借口聚会,喝得酩酊大醉,耍酒疯,传递迟到的消息,然后分开。

从江华岛春游回来那天和车顺雅通话之后，我就把这件事忘了，直到金前辈回顾展那天夜里才突然想起，于是打了电话，不料没能联系上她。和她的短暂联络犹如一场梦，不知为什么，我只是觉得很虚妄。不知不觉间，我住的联排住宅墙边的银杏树叶开始变黄。

手机屏幕上提示我收到新邮件。我眼睛花，看不清楚，于是打开笔记本电脑。那是个陌生的邮件地址，开头却写着"致朴敏宇老师"，看得出是写给我的邮件。

这段时间出了些变故，电话打不通了。

联系上朴老师后，曾经有段时间我的心里很混乱。早已遗忘的从前突然浮现在眼前，清晰如昨。不，怎么会忘记呢，我从来没有忘记自己走过的岁月。失去丈夫之后，我带着儿子走到今天，只要有空就记录往事。算日记，还是手记？写下这些小小的文字，对我来说既是安慰，又是批评，也是激励。无论如何总算熬过来了，一路过得很好。

几个月前我失去了唯一的儿子。当我陷入绝望的时候，朴老师突然再次走进我的生活。真奇怪。

当我无意中得到消息，知道你在不远的地方演讲的时候，为什么没有直接跑过去呢？我觉得遗憾，不过也很庆幸。从照片上看，你老了很多。在这点上我就很聪明。朴老师没看到我最近的样子，所以记忆中还是二十岁时那个美丽文静的车顺雅。

我也说不清楚为什么突然给朴老师写这样一封信。也许是想向老朋友倾诉这些年过得怎么样吧，像讲从前的故事。想到几十年的岁月就这样飞快地流逝，我无力埋怨什么，可是我想对了解我的人倾诉，希望你理解我的心情。希望我的记录不会给朴老师添麻烦，不会让你感觉到压力。我们一起去图书馆借书，一起讨论名著，这一切都记忆犹新。和朴老师相处的日子是我宝贵的回忆，我希望自己也能成为某个人的回忆，这算贪心吗？如果你不想看附件，可以直接删除。

我打开附件。想象着她坐在电脑前一字一字写下自己的故事，我无可奈何地笑了。正如她说的那样，每次想起她的时候，我想到的都不是现在的车顺雅，而是二十岁的车顺雅。年过六旬的车顺雅,我实在无法想象。她说自己胖了,不好意思到演讲现场,我想她应该和大多数女人一样,随着年龄的增长发福了吧。人们常说和初恋见面会后悔,不过彼此都老了,变得不成样子,即使见面,想到自己做过的事,也没有资格失望。我们以前住过的地方,达谷,早已从地球上消失了,成为记忆中的标本。过去的永远不会再回来。

我的父亲和母亲年龄相差十五岁。父亲独自去釜山避难的时候是三十五岁,母亲刚刚二十岁。父亲轻描淡写地说自己是难民,其实是被抓去做义军,后来成了俘虏,关进巨济岛的收容所。不知道是站对了队,还是站错了队,他被划为反共俘虏,获得释放。有一天,他穿着破烂的军装,出现在外公和外婆居住的影岛压面厂,询问可不可以在这里工作。影岛压面厂本来属于日本人,老板离开时转让给了外公。

母亲和我一样,也是面馆人家的女儿。她本来有个比自己大三岁的哥哥,被拉去参军,没有回来。我只在照片上见过舅舅。儿子下落不明，家里正缺人手的时候，我的父亲及时出现，外公内心是欢喜的。外公没有摘掉写有汉字"守山压面厂"的小招牌，一直保留。我在旧照片里也能看到那个招牌。日本帝国主义时期出现了大量的难民木板房，即使外公的面条工厂连夜工作，还是生产不出足够的面条。母亲初中毕业后就在家帮忙，除了父亲，家里还来了另外两个年轻人。三十五岁的父亲怎么和二十岁的母亲结为夫妻了呢？用现在的话说，父亲是个有能力的人，说不定上辈子拯救过地球。无论什么事，父亲接手后绝对不会左顾右盼，只是默默去做。他就是这样死心眼的人，深得外公信任。父亲的性格和外公截然不同。外公把工厂的事情全部交给父亲，自己去外面游荡。父亲和母亲自然而然地走近了。外婆几乎是推着母亲促成了这件事。外公的工厂生意兴隆，还买下了隔壁和后院，生意越做越大。外公开始喝酒，出入有女人的酒吧，后来和外婆分居。生下和母亲同父异母的弟弟之后，外公就不再回家了。工厂和房子都卖掉，父亲带着外婆和母亲来到首尔。那时我读小学三年级。父亲来到南边后学会的技术只有压面条，而这门技术发挥了作用。外婆用手中的钱，再加上借债，买了一台面条机。他们没有能力去像样的小区或大市场开店，于是找到了郊外的贫民区，也就是达谷。

直到读了高中，我都是社区里唯一的女学生。我喜欢读书，性格还好。除了我，还有个男生，我记不清他是什么时候搬到我们社区了。

每天放学回家，我就拿着书来到晾面条的阁楼，把自己关在那里。那是我摆脱现实，进入自我世界的空间。来到首尔几年之后，外婆去世了，家里的生意没有扩大也没有缩小，父亲赚的钱刚好够我们一家三口吃饱喝足。

说起来有些难为情，我知道我们社区的男孩子们喜欢我。四五个男孩假装到公用水龙头接水，聚集在我们家围墙底下嬉笑玩耍。主要是宰明哥的兄弟和擦鞋的孩子们。除此之外，我记得还有个叫大块的孩子，也是对我穷追不舍。朴敏宇却不在他们的行列。朴敏宇跟他们不一样。在我眼里，他们都是小混混，我为自己和他们住一个社区而感到羞耻。

这个社区的情况很糟糕，没有几户人家有玻璃窗。大部分都是木板钉的窗户，令人沉闷。即使是白天，不开窗户的话，屋子里也是昏昏沉沉的看不见外面。我的房间第一次安装玻璃窗那天，我高兴得手舞足蹈，直到现在还难以忘记。上中学的某个春日，父亲给我们家安装了玻璃窗。睡觉之前，躺下就可以看见满天繁星，白天耀眼的阳光暖暖地照进来，感觉像是祝福。下雨或下雪的日子，我常常呆呆地贴在窗前，凝视窗外。

那天，我也是站在窗前往外看，正好看到不远处鱼饼店家的儿子朴敏宇提着什么东西，朝我们家走来。走着走着，他停下了脚步，似乎有些犹豫。我生怕被他看见，急忙后退了几步。心跳莫名地加速，面红耳赤。过了一会儿，外面传来他的声音：有人吗？那天他带来一捆鱼饼。直到现在，我也没吃过比那更美味的鱼饼。

那之后他偶尔也来我们家，有时买面条，有时送鱼饼。我们常常在公交车站或公交车上相遇。我还记得第一次在社区外见面的情景。那天下雨了。他没带雨伞，和我共用一把伞，走了三站地。我撑着伞，他抓着我的手，我急忙抽出手来，他撑着我的雨伞。为了不让我淋到雨，他把雨伞尽量朝我这边倾斜，自己只遮住了头。虽然撑着伞，衣服却湿透了。

我从北部图书馆借的是赫尔曼·黑塞的《克诺尔普》，他借的是《卡拉马佐夫兄弟》。我们约好还书的日子再见。我盼着那天快点儿到来。从图书馆回社区的路上有家面食店，我们在那里吃了豆沙包和红豆粥，边吃边讨论我们读过的书。突然间，他谈起了暗淡而茫然的未来。高考临近的高三考生和女生约会，他的心里似乎有些不安和焦虑。我的成绩不错，而且距离高考还有一年多，还算从容。他反复说了几次，说他想走出达谷。为了达到这个目标，他只有学习这条路可走。

冬季的贫民区，用手推车送煤炭就成了大事。卖煤的觉得危险，压根儿不想配送。遇到下雪天，地面结冰，那就需要全家人一起搬运，每次用绳子穿起三四块蜂窝煤。父亲死于煤气中毒。每到冬天，附近都有人死于煤气中毒。小学的时候，我也有过一次轻微的煤气中毒，这让我想起母亲让我喝泡菜汤，我就装死让她给我买瓦斯活命水。那时怎么就觉得可乐、雪碧、芬达等碳酸饮料那么好喝啊！瓦斯活命水也有那种很刺激的味道，我动不动就装病说肚子疼，想喝瓦斯活命水。有一天我被尿憋醒，天色微亮，我看到放在窗台上的宝佳适饮料，拿起来咕嘟咕嘟就喝。滑溜溜的东西沿着喉咙下去，感觉想吐，我强忍着继续睡觉。第二天，外婆嘟嘟哝哝地说她擦头发的山茶油没了，一滴没剩，也不知道是怎么回事。我被外婆的嘟哝声吵醒，对着尿盆吐了起来。

不知从什么时候开始，随着年龄增长，每次想起那个社区，我都感觉舒适而温暖。家家户户的孩子都很多，不论白天黑夜，胡同里都充满了孩子们喧闹的笑声。隔着围墙听到各种各样的叫喊、打骂和咆哮声，一副你死我活的样子，可是到了早晨，红肿着脸的女人还是像往常似的起来为出门干活儿的丈夫准备便当，送丈夫出门。有时我会深深地怀念人们聚在水龙头旁洗衣服、接水的情景。下雨的日子，人们都待在狭窄的房子里，静悄悄的，雨水沿着油毡纸房顶流到屋檐下，伴着雨声入眠，睡得格外香甜。

我想起他第一次拉我手的那天。那天我们决定到离社区远些的地方看看，就去光化门看了《爱情故事》。奥利弗和珍妮打雪仗的场面，我现在依然记忆犹新。珍妮患白血病而死的时候，我放声大哭。好像是在那个时候，他拉起了我的手。我就那样被他拉着手，用另一只手擦脸上的泪水。

他报考一流大学后，一直很焦虑。他考上之后，不仅达谷市场的商人，整个社区都因为有喜事而沸腾，我又怎能忘记呢？那年冬天，全世界仿佛都属于朴敏宇。那是假期，我和他隔三岔五就会相约出门。

不久后，我也上了高三。朴敏宇考上了韩国最好的大学，渐渐地，在社区里很难见到他了。许久没有联系，后来我去市场买鱼饼的时候会厚着脸皮问：敏宇哥什么时候回来啊？他几个月回家一次，也只是在店里待一会儿，急匆匆吃完午饭就走了。听说他住在富人家里做家庭教师，自己赚学费。我也很努力地学习，希望自己不比他差。我咬紧牙关，只要再坚持一年，我也可以离开这个地方了。

故事到这里戛然而止。车顺雅想跟我说什么呢？为什么要长篇大论地说自己的事？这个故事的最后是什么？疑问接踵而至，段段往事清晰地浮现在我脑海里。正如她回忆的那样，我上大学不久之后，再回达谷就像旅游了。后来我又参军，自然就和那个地方越来越远。退伍复学，我准备就业，毕业后在贤山工作，忙得焦头烂额，一年也就回去一两次。我留学的时候，我们家结束租房生涯，搬了家。搬进新家不久，父亲去世。随后十几年里，贫民区成为城市拆迁区，邻居们四散而去。

我幸运地考入名牌大学，从此走上了另一条道路。

很多东西在贫民区的时候我不知道，然而当我逃离那里，就会看见许多不同的事物。首先，那里的大部分邻居都是全罗道人，庆尚道人有我们家和车顺雅家，仿佛不小心误入黄豆芽屉并且扎了根的黑豆[1]。身在底层似乎没什么不同，可是当我脱离那个狭窄的世界，出身岭南的事实就成了和他们截然不同的条件。庆尚道出身的将军和政界人士执掌政权，庆尚道的商人也多了起来。进入机关或公司，只要听见方言就会觉得安心。我甚至想，如果我不跟随父母来首尔，而是经过灵山邑到附近城市大邱读高中，也许对我更有利。要是这样的话，我的人际关系会更稳固，困难也会大大减少。眼前的人可能是同学的同学，论起族谱或许是亲戚，同乡的人们具备很多相同的要素。

刚上大学，维新独裁[2]就开始了，时局混乱，几乎每天都有示威游行，当局甚至下达了停课令。走进学

---

1. 形容格格不入。——编注
2. 维新独裁，即"双十二政变"，1972年12月23日，朴正熙第三次当选为韩国总统后公布维新宪法，其出台标志着维新体制，即朴正熙个人独裁体制的开始。——编注

校，经常有同学突然被逮捕，没有出现在教室。我决定再也不回达谷了。我像蒙着眼睛的骡子，默默地往返于图书馆和教室之间，看都不看别的地方。如果有时间，我就去做考试辅导家教，忙碌几个小时，然后回到学校附近的出租屋倒头大睡。这就是我当时的生活。

我和某个来自外地的家伙合租了自炊房。与人同住很不方便，还要一起做饭，一起吃饭，那就更难了。这家伙还是不伦不类的运动派，至少在我看来是这样。他不去工厂和农村寻找民众，而是偷偷藏起印刷品或问题书籍，拉来几个人在我们房间里学习。因为这小子，我放弃了自己租房做饭，开始做住家教师。不过，这是个幸运的选择。我得到机会，可以接触崭新的世界。这是凭借曾做过邑事务所书记的父亲的身份很难接近的世界。

年轻的时候，我不会那样冷静地看世界。我理解那些反抗错误的人，也知道自己应该忍耐。因为有了这样的自制力，我才得以宽恕自己。随着岁月的流逝，它成了习惯性的绝望，我开始习惯于表面上不露声色，冷眼看自己和周围。经历过二十世纪八十年代，大部分人都摆脱了令人窒息的贫困,终于可以松口气了。挫折和绝望变成日常,小小的伤口长出了茧子。如果脚趾上的鸡眼不舒服,无论如何都要拔出来,可是现在,它已经成为身体的一部分,只是偶尔会觉得袜子里有种异质感。

6

推开挂有两把锁头的房门,熟悉的味道扑鼻而来。尽管混合着多种味道,然而不知为什么,最强烈的却是仿佛弥漫着冷气的霉味。房子依山而建,除去房间入口处,整个房子几乎呈马蹄形深埋入土。勉强露出地面的正方形小窗用铁栅栏封住。偶尔敞开窗户,看见的无非是胡同里往来行人的腿罢了。也许是没做防水处理的缘故,夏天湿度大,冬天内外温差高,后面墙壁总是湿淋淋的，霉斑也随之落地生根。去年夏天赶上雨季，房子漫过水，水退之后情况更加严重。金敏宇说住在这样的地方，本来没病也会生病，于是买来防水液喷洒，又铺上泡沫塑料，重新做了裱糊。不料冬天一到，霉斑又开始悄无声息地蔓延。这个夏天雨水不多，霉斑却还是很强烈地留下了痕迹。我能做的也只是用抹布蘸消毒水，唰啦啦地到处擦拭，也只是暂时有效果。躺着看斑点渐渐扩散，让人感到窒息般的憋闷，恨不得疯狂呐喊。幸好现在是旱季，接下来的几个月还算好过。我重新打量房间。一张床垫、洗碗池和煤气灶、微波炉、中等容量的冰箱，同样漆黑的多功能室里是洗衣机、胶合板书架、一把椅子、衣柜，房间和洗碗池上方的天花板上各两盏苍白的日光灯。这就是全部了。我独自生活，这些家什也算很多了吧？即使拖欠一两个月房租，房东也不怎么发牢骚。站在房东的立场上，像我这样的租客恐怕也不容易找吧？我对房东也没什么过分的要求，总能老老实实地忍耐。

躺在破旧的床垫上发会儿呆，似乎没有睡意，我起身坐到电脑前。最近几个月深受失眠之苦，食不甘味，还得了斑秃,房间里处处散落的头发更是让人心烦意乱。原来在便利店工作到通宵,回来后疲惫不堪,倒头酣睡,那都是什么时候的事了。

最近除了去便利店,剩下的时间就是宅在家里,似醒非醒地上网,或者随便写些什么。前不久,我连演出都停了,心里想着要不要参加电影剧本征集,于是开始准备作品。也许是因为写惯了话剧剧本,电影剧本的构思并不容易。

网上就能接触到海量的信息,即使足不出户,也可以对外界的消息了如指掌。要是写作不顺利,我会看下载的盗版电影,偶尔也玩玩游戏。写作也好,游戏也好,话剧也罢,对我来说都是虚构的世界。最近玩的游戏,怎么说呢,简直是创意十足。感觉在网上玩牌都不如这个有意思。反正不管怎么说,只要是有对手的游戏,那就必须精心准备,否则就会出差错。我打开新建的文件夹。文件夹的名字叫"狗尾草"。我仔细阅读写过的内容。昨天晚上头痛欲裂,无法继续工作,只好草草收尾。光标在最后一句末端闪烁。换行。"现在想来,我还是觉得当时那件事是我平生最大的事故。"写下这句话，我又陷入了沉思。我真的能这样告白吗？总觉得不是很恰当。从这里开始，就很难写下去了。

点开网页，确认邮件。没用的邮件标记为垃圾邮件，删除，确认前几天发送的邮件是否收到。已读。但是还没收到回复。我在等什么呢？

我浏览着浮在网络主页上的各种报道。也许是生计艰难的缘故，近来频繁爆发残酷的杀人案件。稍作了解，大部分都是因为钱。看着建筑方面的报道，我习惯性地在搜索栏里输入"朴敏宇"三个字。有关他的信息齐刷刷地显示出来，同时映入眼帘的还有很久以前他负责汉江数字中心项目的报道。一连串的报道、博客、论坛、各种各样的照片、视频、推特等，了解某个人所需的信息应有尽有。不过，这些东西真的能够全面地说明他吗？前不久我曾买过他写的书《空与满的建筑》。我一天才赚六万元，买一本书足足花了一万五千元。通常都是从图书馆里借书看，如果不是迫切需要，我不会买书，所以这对我来说实在是大出血。感觉他的文章并不局限于建筑，而是包含了很多故事，买下来也不亏。我曾去过他的演讲现场，当时听到的内容在他的大部分文章里都有所体现。至于他有着什么样的想法,他是秉持什么哲学的建筑师,读完书后会更加清晰。

我下意识地要把两个人联系起来,理由无非是他的名字和金敏宇很相近。正当我悄然揣测两人关系的时候,金敏宇的母亲露出失望的笑容说:你的想象力就这些?还是凑合着写电视剧吧,写电视剧。我的视线再次投向电脑。关闭网页,点开桌面上的文件夹——"黑衬衫"。

去年梅雨季节,我住的半地下室里渗进了雨水。我不敢回家,给他打电话,他开着旧吉普车赶来。我们两人都没说话,只顾往外泼着房间和厨房里的泥水。房间湿了,寝具湿了,几天不能在家住。我在同样是地下室的小剧场舞台上铺了露营垫,凑合着过夜。金敏宇说还不如去他家。最后,我决定在他家住几天。明明不是要结婚的关系,却要去他家,我觉得有点儿不自然,可又没有别的办法。

那是租来的十四坪公寓,有房间,也有客厅。我们开门进去,家里没有人。金敏宇煮了方便面,连同泡菜摆上圆桌。房子在十二楼,从窗户吹来的风很凉爽。比起我的半地下室,这里还是很适合居住。从门到厨房兼客厅的过道墙上有个很长的书架,与这个家有些格格不入。书架上插满了书,我有点儿吃惊。那里有我看过的,也有我想读的书。

你读了很多书啊。这是你的书吗?

因为妈妈爱看书……多亏了她,我也看了。

金敏宇开始转动吸尘器,我也帮他用清水清理水池周围和卫生间。他的母亲晚上十一点多才回家。后来才知道,她在中心街的大型超市工作。虽然已经六十岁出头,却还是很漂亮,保有几分少女的气质,只是身材圆乎乎的有不少赘肉。

对于我的到来,她表现得很开心,从附近便利店买来啤酒和下酒菜,削水果,忙得不可开交。我们围坐在铝盘似的旧式饭桌旁。

房间进水了,在这里住几天。

金敏宇请求母亲的许可,她若无其事地同意了。

我们见个面都很难,不是吗?家里多个人,我也很高兴。

她没问我做什么,家人在哪里,跟她儿子是什么关系。只问了我的年龄。我说二十八岁,她说真是大好年华。懂事了,也在某种程度上懂得生活的艰难,同时还很年轻,有活力。

不是的。她不懂人情世故。不然怎么会辞掉工作,去拍话剧呢?金敏宇说。

他的母亲盯着我的脸缓缓打量,点了点头。

那也很了不起,一边演戏一边坚持,是吧?

金敏宇瞥了眼钟表,站了起来。

我要走了。

你呀,好不容易回来一次,明天再走吧,家里还有客人呢。

明天凌晨就要工作。友姬就在这里住几天。妈妈,你没事吧?

我呀,当然没问题。

金敏宇回到自己住的考试院,他的母亲和我为了喝光剩下的啤酒,坐到午夜。

友姬,你不结婚吗?

她突然问我的时候,我没有慌张。因为每当见到周围的长辈,经常听到这样的话。我只是嘻嘻笑了笑。

大家都放弃了。

只要相爱,一起生活就行了。富人也好,穷人也好,表面上装作若无其事,内幕其实都很凄凉。像我们这样的人都差不多。不会有什么改善,也不可能改变。

不过,您完全不像受过苦的人。您还很年轻,很漂亮,像富人家的阔太太。

听了我的话,金敏宇的母亲顿时眉开眼笑,附和道:

谢谢你这么说。我在你这个年纪,也常常有人说我漂亮。

我在那所房子里住了四天。这期间金敏宇找朋友帮我修了家里的下水道,还裱糊了房间。

金敏宇的母亲话不多,性格却很开朗和善,也许是听我写话剧剧本后感到亲切,给我讲了很多故事。她说她以前写过随笔,还在女子高中的校刊上发表过。她还说敏宇的父亲喜欢看书。他遭遇意外卧床不起,多年前就离开了人世。金敏宇对他们夫妇来说算是老来得子。敏宇出生之前,他们还生过一个女儿,患麻疹去世了。从前这附近是桃园,春天桃花盛开,蜜蜂比苍蝇还多。

我住了几天要离开的时候,她突然说:

友姬要是能和我一起生活就好了。

谢谢您。我会经常来玩的。

有一天,金敏宇突然问我:

友姬你为什么要拍话剧?

我沉默良久,没有回答。平时没有人这样直截了当地询问,这让我有点儿慌张。

因为这是我喜欢的事。

你想继续从事话剧工作,但是不足以谋生,还要打工,可我又为什么要这样呢?

想做的事必须做,但是不足以谋生,这点上你我不都一样吗?

金敏宇像往常似的木讷而缓慢地说:

不,不一样。我和你不一样,我没有想做的事。我只是为了确认这个世界上还存在像我这样的人而随便做点儿什么。每个人都在对明天的预测中活过今天,过去将近十年的时间里,我一直漂浮不定,没能站稳脚跟。即便如此,每年提心吊胆地续约之后,我都会发现以前一起工作的伙伴不见了。后来我也被炒了鱿鱼。

他谈到了秋天被驱逐的雄蜂。冷飕飕的上午，它们像死了似的紧贴着墙壁或树枝，到了正午，秋高气爽的时候，它们在枯萎的菊花间跌跌撞撞，飞来飞去。为了节约食物，家里的工蜂不再接受已经没有用处的雄蜂，它们无处可去，只能一天天四处乱飞，落在霜降的地上冻死。他还提到了西部片。拓荒者到达定居地后，朝着地平线策马奔腾，插上旗帜，占据周围数万坪的土地。如果以这种方式将全体国民聚集在济州岛或南海岸，每个人都举着旗子跑去占房子，那结果会怎么样？他说，像他这样的家伙也许会气喘吁吁地跑到母亲的租赁公寓，母子俩躺在狭窄的房间里，安心地抚着胸口松口气。

他被解雇前的最后工作是在拆迁区担任管理劳务的科长助理。像他这样的临时工、科长、代理等正式职员，以及劳务公司派来的日工，都知道这种工作如何进行。建筑企业与咨询事务所、城市计划委员会、市议员、区政府之间的关系错综复杂得就像蜘蛛网，获得权利的组合推进委员长和代议员牵头，开发工作一泻千里。贫民区的居民们没有能力入住新建的公寓，只能离开。稀里糊涂就失去了家园的人们，已经几次以这样的方式搬家，再也无处可去了。很多人都说他们辗转了十几个地方，好不容易定居在这里。他们敷衍了事地制作抗议条幅，男女老少排队高喊，然而面对挖掘机，面对手持铁管铁锤、像外星人般闯进来的拆迁人员，仅过几分钟队伍就溃散了。

以前整顿贫民区的时候，还会挨家挨户地劝说，征得住户的签字认可，最近只要开过重建工会会议就算结束了。虽然公司事先也提醒，尽量不要发生流血事件，尽量不要发生身体接触和暴力行为，不过这也只是为了将来明确责任而采取的惯性行为。推搡、拉扯、摔跤、脏话、侮辱、撕破妇女衣服、血气方刚的男人打女人耳光并将其推倒在地，挖掘机发出轰鸣声，毫不留情地摧毁小区内完好的建筑，反抗的人们发出无力的哭声和惨叫声。通常而言，经过最初三四天的抵抗以后，倒塌的房屋残骸和垃圾就会填满道路，有家庭陆陆续续地离开，居民共同体和房屋像碎片般四散而去。

拆除过程中，金敏宇看到合适的空房子，带着劳务人员住进去,看守现场。拆迁区好像遭到了彻底的轰炸,覆盖着建筑废弃物,卡车成排地开进来,清理干净残骸。原本看似庞大的居民区在城市周围的建筑物中间犹如小小的闲置地,展现出原来的面貌。金敏宇在拆迁现场生活了一个月左右,自然而然地和同吃同住的劳务人员成了朋友,并和每句脏话都掷地有声的同龄小子走得很近。他担任劳务组长,因为暴力而有过两次犯罪前科。劳务公司会合理配置拆除人员和保安人员。所谓保安人员,指的就是体格好、会打架的人,不仅派到建筑现场,还会派到劳动争议现场。他和金敏宇喝酒时问他知不知道自己的梦想是什么。

真厉害,你是说你现在还有梦想?

监狱里有个和我一起住的家伙。那家伙长得很漂亮,像个小白脸,听说他以前在包房沙龙[1]里做过乐手。每天睡觉时间,这小子都在画画。我抢过来一看,好像是什么设计图。我问是什么东西,他说是果川赛马场。

什么?你的梦想是赌马赚大钱?

---

1. 包间酒吧,包间内可以喝酒的高级酒吧。——编注

赚大钱没错，不过我的想法是把那里抢个干净。

出狱后他没能再见到乐手，却没有忘记他的计划，还亲自去赛马场看了看。那里有几十家售票处，仅一处周末就能收取几百亿元。每个售票处都有一名女职员和一名保安，门上装有电子自动锁。每当有人出入，号码都会更换，发生紧急情况时号码会自动关闭。如果把售票处的女职员拉拢到自己这边，那么想做什么就很容易了。至少需要四名共犯，他补充说。

你是不是看电影看多了？

听了金敏宇的话，他没有回答，只是向我们展示了用手机拍摄的赛马场附近的几张照片。总而言之，怀着如此远大梦想的劳务男和他生活了一个多月。

有一天，挖掘机的司机向我诉说工作的苦恼。他说山坡尽头的那家人抗拒到底，给他们的拆迁造成了很大的麻烦。他带着几名保安赶过去的时候，挖掘机已经摧毁围墙，停在院子里，发动机还在轰鸣。挖掘机前躺着一位老人，另一个看着像是老人儿子的中年男子举着木棍站在那里，还有两名妇女和三个孩子。一个十来岁的瘦高少年一边喊着什么，一边扭动身体。组长像往常那样下达指示。

干什么呢？不就是四个成年人嘛，先把成人拖走！

对于劳务人员来说，这是非常容易的事情。他们并不着急，慢慢地向前靠近。请冷静。这样下去会受伤的。你们这样也没有用，现在都已经成定局了。他们每人说一句话，分别走向一个人，将他们拖到院子外面。女人们奋力挣扎，老人手脚乱蹬着被拉了出去，像是一家之主的男子挥舞着木棍，继续抵抗。和金敏宇同住的组长抓住他挥舞的棍子，用力一拧，夺过来扔得远远的。孩子们哭叫着跟在被拖出去的大人身后。这时，瘦高个儿少年发出怪叫声，冲向犹如巨手般开始移动的挖掘机。谁也来不及提醒，来不及劝阻，孩子被掉转方向的机器铁臂打了个正着。纤弱的身体像晾在风中的衣服，向上飘起，猛然坠落。发动机熄火，司机走出驾驶室。看着躺在钢筋石头残骸上的血淋淋的少年，他转头看着劳务人员，喊道：

你们都看见了吧？他自己跑过来的。

被强行拖走的女人发出刺耳的尖叫，扑在少年身上。劳务组长对金敏宇说：

真倒霉,快叫救护车。

金敏宇叫了救护车,还给总公司打了电话。浑身是血的家人疯狂地扑向他们。少年当场死亡,据说是智障儿童。记者蜂拥而至,工程中断了很长时间。金敏宇去总公司等了一个来月,随后被解雇。他再也没见过那个已经成为朋友的劳务组长。每到周末,果川赛马场人潮涌动,然而什么事都没有发生。

7

　　人的记忆就是这样,哪怕是同样的情况,也会随着时间的流逝而不经意地遗忘,或者根据当时的感情状态而成为歪曲的故事情节,每个人都讲述着各自不同的故事。车顺雅和我的情况也是如此。她夸张地描述我上大学后轻易地忘记了她和贫民区,然而事实不是这样。

　　我再次仔细阅读了车顺雅的邮件,不由得想起上大学后第一次回贫民区的情景。直到第一学期结束,我才离开学校和出租屋，暂时回了趟贫民区。下午，我去店里替爸爸炸鱼饼。一位打工的姐姐被油锅烫伤了手，干不了活儿，店里正缺人手。夏天正值淡季，店铺和小吃店的订货本来就不多，所以决定等到凉风吹起的时候再补充人手。潮湿又闷热的雨季，站在烧着炭火的沸腾油锅前工作，汗水流到胸前，流到后背。用机器磨碎鱼肉，加入豆渣和淀粉搅拌，倒是让辛苦减轻了几分。短短几天时间，我切身感受到一条腿不方便的父亲这几年是多么不容易。

放假期间，父母似乎对我的帮忙感到不舒服。母亲忙着向周围的商贩们炫耀自己上大学的儿子，沉默寡言的父亲则在客人越来越多的傍晚把儿子从油锅前推开。

我还像以前那样，包起破裂或变形的鱼饼，来到十字路口。打开面馆的木板门进去，迎接我的是顺雅妈妈。

天啊，什么时候长这么大了？在外面看见都认不出来了。

顺雅妈妈大呼小叫地说道。顺雅的父亲也出来了，随后是她探出头来。不过，顺雅的脸色有些憔悴，表情也有些黯淡。她默默地低着头,逃跑似的回了房间。

我在没有姐妹的家庭里长大,而且我们那个时代几乎没有男女同校,自然就对女人一无所知。我无法理解顺雅对我的态度为什么那么冷淡,感觉有些无所适从。另外我也感到惭愧,现在是悠然倾心于邻家美少女的时候吗?既然要开拓遥远的前途,我必须振作。这样想着,我慢慢地调整自己失落的心情。

我去现代剧场后巷宰明哥的擦鞋铺看了看。那时宰明、宰根兄弟有了能力,在胡同里面的建筑一层拥有了七坪左右的空间。从前是在胡同角落支起方木柱搭帐篷的擦鞋摊,如今已经有了像样的店铺。店铺内部分为两部分,宰明哥放桌子和椅子的空间,以及孩子们摆放折叠椅和钓鱼椅擦皮鞋的工作空间。收来的皮鞋按顺序擦干净,挂在角落,直接进来的客人坐在椅子上翻看报纸和杂志,等待擦鞋。他们不再守着电影院和茶馆,而是在丁字路口附近转悠着收鞋。宰明哥带着十多个人,宰根也带着八个人,煞有介事地在达谷市场成立了总部。

后来我才听说跆拳道场师傅的故事。他被宰燮哥打晕之后,很长时间都没有消息,然后通过大块向宰明哥发起正式的挑战。约定晚上六点在街对面的小学运动场见面，挑战者本人，也就是师傅和宰明哥，各带一名见证人。宰燮哥本来就不怎么在家，还有过前科，惹事之后再也没回来过。大块似乎觉得，像宰明哥这样的水平，自己追随的师傅肯定能轻而易举地击败。他们不知道的是，比起宰燮哥，宰明哥才是熟悉各项运动、善于实战的街头斗殴高手。不过在他们看来，宰明哥有个弱点，正如他自己所说，他只想在家附近站稳脚跟，养家糊口，根本不想惹是生非。根据他们的判断，宰燮哥有过前科，而且是离家之身，自由自在，什么坑蒙拐骗，什么临机应变，完全不择手段，这才让师傅中了圈套。宰根和宰明哥好久没见我了，都很开心，争先恐后地做着夸张的动作，向我讲述事情的前因后果。宰根说：

好像就是今年五月吧？师傅当场关闭跆拳道场，看来他连饭碗和面子都押上了。

傍晚六点的运动场上只有几个玩球的孩子，还有两名小学生推着成人自行车出来，摔倒了再扶起，聚精会神地学着自行车。宰明哥带着老根出去，遇到了等在校门口的大块和他师傅。

有人看着呢，我们找个安静地方吧。师傅说道。

宰明哥回答说教室后面安静。那里有学校的围墙遮挡，而且很宽敞，以至于后来建成了停车场。

师傅穿着跆拳道服，外面披着夹克。宰明哥怎么说也是擦鞋铺老板，穿的是廉价西装。师傅脱掉夹克，交给大块，左右摇晃脖子，发出咯咯的声音活动身体，然后系紧腰带。宰明哥也脱下西装上衣，交给老根，解开脖子下面的两三颗纽扣。两个人做好准备姿势，轻轻活动几下。师傅首先冲上来，来了个回旋踢。宰明哥闪身避开，同时抓住对方衣领，将他的身体按在腰间，摔倒在地。对方试图站起来的时候，宰明哥毫不留情地朝他脸上来了个直拳。一下、两下、三下，师傅还没用上跆拳道的动作，又像上次似的昏厥了。

老根说，不到五秒钟，挑战就结束了。宰明哥对失魂落魄的大块说：

你跟着他，怎么在这儿混？以后多保重吧。

不管段位多高都不可信，经历过实战的打斗高手才是打不倒的。老根得意扬扬地说，仿佛自己变成了宰明哥。正如宰明哥说的那样，师傅在发起挑战的时候就已经做好了离开这里的心理准备。他似乎是想凭借自己的运动实力打断宰明哥的胳膊和腿,然后关掉跆拳道馆,结果他在这里招生更困难了,只能灰头土脸地退场。

大块不是那种轻易泄气的家伙。见到宰明哥,他只是敷衍着说句"你好",然后迅速消失,但是看见老根他会出言不逊。

让你哥走夜路的时候当心点儿。

宰明哥说,偶尔在老根工作的地方看到大块,也会给他们点儿饭钱。老根看他们不顺眼,觉得他们卑鄙,因此提出抗议。宰明哥说:

大家都是肚子饿嘛。讨厌的家伙也不用给太多,就这样零零星星地给吧。

那年暑假之前,大块在这个社区里犯下了让人无法原谅的错误。宰明哥带我去了办公室前面的小店。他要了两瓶啤酒。不知为什么,他对我的态度和以前有所不同,竟然用了"请"这种轻微的敬语。他已经不把成为大学生的我看作少年了。何况我又站到了他们难以接近的更高的台阶,这让他们对我产生了些许的敬畏之心。

你也知道大块是谁吧?那个王八蛋,我要把他剁成肉酱。

宰明哥对着瓶子咕嘟咕嘟地喝啤酒。

呵呵，真是急死人。你听我说，前不久，那个叫大块的家伙竟然蹲守着放学回家的顺雅，想要绑架她。

顺雅的校服上衣被撕破了，裙子上面沾满泥土，她失声痛哭，气喘吁吁地跑到公用水龙头旁。村里几个长辈看见了她，老根擦鞋铺的孩子们也看到了。

我们这里的男孩子几乎都仰慕女高中生车顺雅，可是没有人知道我和顺雅走得那么近。我们在社区里假装不认识，见面的时候也单独坐公交车出去，到了市场入口，故意离得远远的各自回家。

听了宰明哥这番话，我肝肠寸断。宰明哥还说，大块竟敢三番五次跟踪车顺雅，还在学校门口等她。这都是从邻村和大块鬼混的孩子那里听来的内幕。宰明哥派人叫来那个孩子，非但没有教训，还把他带到擦鞋铺前的万石会馆，请他吃烤肉。几杯酒下肚，也就什么都说了。

我现在要去抓大块那个兔崽子，你去不去？

直到这时，我才隐隐约约地猜到了缘由，为什么送鱼饼时她会神情暗淡地躲避，为什么几次在路上偶遇她也是冷冰冰地假装没看见。我恼羞成怒，恨不得立刻打死大块这个混蛋。另外，宰明哥义愤填膺，像自己有事似的冲到了前面，这也刺激了我的自尊心。老根递过事先准备好的工具。宰明哥说：

你们拿着吧，我还是觉得赤手空拳更爽。

他身边应该跟着几个小家伙，拿工具狠狠教训他们。

老根自己拿了棒球杆，给了我一根木棍。宰明哥、老根和我跟着擦鞋的孩子们，穿过中心街，朝着大块他们聚集的毛坯房走去。在路的尽头左转，山后面有一条下坡路，西北方是情况更为糟糕的邻村。第二条胡同的路边就是他们的据点。我们在门口站了一会儿。里面传来了哄闹的笑声，不知道在玩什么。宰明哥静静地听了片刻，小声说道：

大块这兔崽子在里面。我进去揍他们，你们在这里，看谁出来就揍谁。

他破门而入。房间里的灯灭了，窗户碎了，传出喊声和争吵声。一个家伙跑出门外。老根和我在黑暗中挥舞工具，不管不顾地朝着对方的脑袋、后背和四肢大打出手。那个小子倒下了，紧接着另一个家伙冲了出来，我们又追上去一顿狠揍。好像守住洞口打獾子，我们抓住四个家伙。宰明哥从屋里探出上身说：

哎哟，这就结束了。

老根兴奋地问大块在哪儿。宰明哥回答说：

倒在里面了，我把他打了个半死。

老根和我走进去，宰明哥打开厨房的灯。血肉模糊的大块呈大字状仰躺在地。满地都是荧光灯、酒瓶和杯子的碎片，衣物乱糟糟地散落在地。宰明哥朝大块腰上踢了一脚。

哎呀，起来吧，兔崽子真会装。

我们把大块扶起来坐好。大块轻轻地动了动，伸手擦了擦嘴角的血。宰明哥好不容易控制好情绪，开始教训大块。霎时间，也不知道为什么，我觉得宰明哥才是车顺雅的男人。

从明天开始，如果你再出现在这个社区，你就死定了。你对顺雅做的丑事，长辈们还不知道吧？喂，王八蛋，如果她的父母报警，你是要坐牢的。明天你就离开这里。你老爹在工厂干活儿，你不想让他看到你坐牢吧？听懂我的话了吗？

教训完，宰明哥从口袋里拿出钱包，把钱扔在大块的膝盖下面。

这是给你的路费。

那年秋天，我找了份入住家庭教师的工作，避免了窘迫的自炊房生活。我继承了入伍的学长介绍的工作，负责教一名高中二年级的学生。我跟随学长走进围墙高耸、高楼林立的住宅区，多少有点儿胆怯。

在天花板直通二层的客厅里，我见到了学生的母亲。学长叹息着说，他从孩子上高中开始教到现在，成绩和名次都有了提升，但是还不够。孩子的注意力不够集中，第二天再做教过的题目还是不会，完全是白忙活。

孩子的父亲是将军。军衔是两颗星，在一线部队担任师长。除了儿子，还有个年龄相差很多的小女儿。偶尔有军官和士兵来访，全都是保持立正姿势，向夫人敬军礼。

我也有自己单独的房间，打开窗户就能看见后山，那里密密麻麻地排列着阔叶树和常绿树。辅导孩子或自己学习的时候，我被允许使用他们家的将军书房。我忙着自己的学习，还要辅导别人学习，很快就把达谷市场忘得一干二净了。夫人问我家住哪里的时候，我也只是说灵山邑。

我努力成为小家伙信任并追随的大哥，以及可以敞开心扉诉说心事的朋友。小家伙只比我小两岁，却像初中生似的任性。也许因为之前是独子，从小娇生惯养吧。即便如此，只要站在将军父亲面前，也是大气都不敢出。起先他对我表现出露骨的蔑视，桌子上放的不是教科书，而是不知从哪里弄来的《花花公子》杂志。刚开始我视而不见，置之不理。

大概过了一个月，我带着小家伙去了达谷市场。正在炸鱼饼的父亲和母亲露出责怪我的眼神。我让小家伙坐在店里，我帮父亲炸了一个小时左右的鱼饼，然后带他去了宰明哥的擦鞋铺。宰明哥特意腾出时间请我喝酒，还给小家伙递了酒杯。

小家伙对宰明哥的语气和举止似乎有点儿紧张。平时在我面前的嚣张气焰也不知道哪儿去了，几杯啤酒下肚就面红耳赤，呼吸急促。心明眼快的宰明哥稍显夸张地说道：

喂，你还不知道我们朴敏宇在这附近有多厉害吧？谁要是不知道朴敏宇的大名，马上就会挨骂。谁能想到这样的人突然下决心学习，考上了一流大学呢！欸，谁能想到这双手会抓起笔杆子学习啊？

听说我以前住在贫民区，跟粗鲁的小混混们都是哥们儿，这家伙极力掩饰着惊异的神色。我带他去贫民区倒不是为了给他个下马威或者吓唬住他。如果我先坦率地向他展示自己，说不定他也会让我看到真实的想法。不管他怎么看，我想让他明白，他所处的环境和条件比我优越多少倍。我不知道这种古板的想法是否有用，哪怕和我的意图相反，至少那天的贫民区之行还算有收获。

那天的事情成为我们之间的秘密。让我教孩子学习，我却带他出去喝酒，如果孩子的父母知道了，对我俩都没有好处。小家伙说起自己真正想做的事——当电影导演，到处旅行。换句话说，就是讨厌学习，想到处去玩耍。我附和他说这个想法很好，然后开始了俗套的训诫，为了实现梦想，是不是要努力呢？首先要提高最基本的学习成绩，才能朝自己想要的方向前进。我以出国留学为诱饵，让他先好好学习英语，培养留学的能力，然后出去旅行，学习电影，积累实力，成为国际大导演。我还提出在努力学习的前提之下，每个月可以登山或野营一次。我有必要告诉他一些家和学校以外的新领域，加深我们之间的关系。

小家伙好像把我当成了大哥，学校里发生的事情也讲给我听，成绩渐渐稳定下来。考试的时候，还跟我学到了凌晨。成绩提升到一定程度，小家伙的母亲和我讨论了孩子的前途问题。听说孩子想做电影导演，母亲暴跳如雷地说，将军绝对不会同意。我劝说孩子母亲要尊重孩子的意见，这样孩子才愿意为将来付出努力。学习电影的过程中也会遇到很多实用领域，可以引领他走向别的道路。我教他到高三，帮他考上了大学。我就这样铺好了踏入社会的第一块垫脚石。

大三结束，我决定去服兵役。将军脱下军装，以新军部时代国营企业会长的职务顺利完成了自己的职业生涯。从服役到回校完成学业，再到毕业后出国留学，我都得到了这位将军的帮助。听说他已经去世了，现在夫人和儿子一起生活，身体健康。

小家伙和我成了称兄道弟的好朋友。他曾在电视台工作，目前经营电视剧制作公司。不能说他的人生之路因为我才变得顺利，事实上是我沾了他们家的光。我看着他很有感触，用时下的话说就是含着金汤匙出生的孩子，随便做什么都能成功。只要不是胡作非为，那就不会在人生路上偏离太多。像我这样逃离贫民区的艰苦生活，走上截然不同的人生路，这本身就是奇迹。像我这样的人，内心世界不可避免地会更复杂，需要什么东西来安抚心底的矛盾。不过，像我这样的人比比皆是。深夜，我在城市中心酒店风景宜人的休息室里，俯视充满高层公寓、红色十字架和商业灯光的街道，就能看到他们。在依靠压迫和暴力维持的军事独裁时期，也许我们会通过那些教会，通过拥有百货商店的奢侈品获得安慰，抑或是通过各种媒体不断发出的"基于力量的正义"。归根结底，我们需要共同打造的各种人为装置和形象来不断安慰自己说，你的选择很正确。我也是那些东西之中勉强可以安心的小零件。

从家庭教师到留学期间，我见过几次车顺雅，直到现在还记得清清楚楚。每当我出现改变契机的时候，就有机会和车顺雅见面。有一次，我在将军家接到了她的电话。保姆说是我家里打来的电话，我以为是母亲。母亲跟我联系不多，如果有重要的事情会直接给我打电话。喂，我说。对方良久无言。我是顺雅。平静的声音传来。她说她从我母亲那儿问到了我的电话号码，现在就在附近。我在高档住宅区前安静的茶馆里见到了车顺雅。不知为什么，我感觉有点儿丢人。她穿得很寒酸，面向墙壁坐在角落里，土里土气地摸着放在旁边座位上的塑料袋。

你要去哪儿？我问。

她毫不犹豫地回答：

我从家里搬出来了。

没等我说什么，她接着说道：

听说哥哥你要参军了。

我听说了车顺雅去年再次落榜的消息，猜测她会继续复读，于是不动声色地问道：

你过得怎么样？考试复习顺利吗？

我放弃考大学了。父亲让我上班。

所以你从家里搬出来了?

家庭教师当久了,我自然流露出老师和学生交谈的态度。突然,顺雅不自然地笑了笑,说道:

你觉得我是小孩子啊?我才比你小一岁。

我是担心你……

她让我请她喝酒。仿佛出门之前就已经决定了,她让我今天陪她,还威胁我说如果拒绝,她也许会死。我突然焦虑起来。我在两种想法之间犹疑不定,难以决断。我自以为逃离了贫民区,然而车顺雅在那里,这个事实随时都会带我回到从前,这让我深深不安。我依然想见她,却又以入住家庭教师为借口刻意保持距离,不和她见面。这是因为我的感情状态和从前截然不同了。这是已经到达新世界的人对曾经熟悉的世界感受到的不适。不,准确地说,目睹宰明哥在大块做出恶行后主导的惩戒行为,我感觉自己宝贵的感情沾染了污垢。我不想再掺和贫民区孩子们的可笑游戏了,不想再和他们同流合污。

顺雅对我的态度带给我严重的刺激。坦率地说,自从在达谷和她相遇，我想和车顺雅同床共枕的念头就从来没有消失过。我经常想象着她的身体手淫。我起了私心带她去了酒吧。距离宵禁时间还远，我们去了旅馆。那天夜里，我虽不太熟练，但是很激烈。

第二天，走在阳光灿烂的街头，她极力用明朗的声音说：盼你从部队早早归来。上班时间，路上满是行人、公交车和私家车。不知为什么，所有的风景都让我感到陌生。仿佛这一切都是因为阳光耀眼，我眉头紧皱，用手挡住阳光，心不在焉地回答：

等我回家就去看你。

时间又过了几年。我退伍回家，在达谷市场入口迎面遇见车顺雅。准确地说，车顺雅从公交车站那边走过来，我走下天桥，看见她熟悉的面孔。服役期间即使回家，我也没有刻意打听她的消息。她没有看见走下天桥的我，转眼间便已走远，只留下背影。我迟疑片刻，叫住了她：

车顺雅小姐……

我小声叫她的名字。如果她听不见，也许我不会再喊第二次。我没有大声,不过已经走远的她还是停下了脚步,猛地回过头来。

天啊,哥哥!

我们同时看向四周。曾经是故乡茶馆的位置变成了当时流行的西式快餐厅。每个座位中间都有隔板,装饰着塑料葡萄藤或绿叶。车顺雅穿着朴素的外出服,化了淡妆的脸依然漂亮。

什么时候退的伍?

大概一个月了。

学校那边怎么样?

打算复学。你这是去哪儿了?

公司。

你原来说要去外地。

首尔的小公司。

在那做什么?

财务呗,做得还凑合。

那就好,现在找工作很难。

也没多难。开公司的是我父亲的熟人。

这是有后台啊。

我们之间进行着青梅竹马的兄妹之间惯有的寒暄。突然，我假装不经意地问道：

你没结婚吗？

她毫无遮拦地回答：

等哥哥你毕业……

说完，她哈哈大笑着补充道：

别太害怕哦。

然后我们就无话可说了。彼此尴尬地坐了会儿，她低声说稍等，就起身离开了。我慢吞吞地点燃香烟，等待她从卫生间回来。等了大约二十分钟，我稀里糊涂地来到前台，往卫生间那边看了看，又看向门口。当我准备买单的时候，服务员小伙子说：

那位女士已经买完单离开了。

从复学到毕业，我偶尔回达谷，也只是去市场的店里小坐片刻就回学校。毕业之前我和贤山先生面谈，然后就去了他的建筑事务所。我是指导教授推荐过来的，先从实习生做起，工作量很大，每天都要熬夜，有时就在办公室的沙发上打个盹儿。我和李永彬是同组的实习生。那段忙得没日没夜的日子里，我用两三个月时间做准备，通过了公费留学考试。那年光州发生了重大事件，时局混乱。因为有戒严令，街道的每个关口都有部队镇守，电视台、政府机关和学校门口都守着手持刀枪、身穿迷彩服的特种部队。据说光州有很多市民死伤，类似的流言蜚语静静地蔓延。

我从没去过光州，然而听着前辈建筑师们的窃窃私语，并不能因为那是与我毫不相干的地方而安心。我们都在猜测一年之前总统因何而死，也知道新军部有着怎样的野心。无论如何，我们最终权衡的还是以武力为先导的计划能否成功。我们将凭借决定性的力量带来的利益而成长。也许每个人转过身都会自责，然而我们都知道这不会很长久。其实，现在我们也很清楚。还记得到了美国之后，看着外国媒体的照片和纪录片，我受到很大的冲击，一度陷入深深的无力感。

退伍后，我又回到以前做家庭教师的人家。从毕业到找到工作，我就一直住在他们家里，辅导明年上初中的女儿英语。我的房间在二楼，书和家具都没清理，还在等着我。他们家把我当成了长子。他们担心独自成长的儿子孤独,最重要的是小家伙完全信任和追随我。我自己都还没独立,却对小家伙的种种苦恼提出建议。

我去建筑事务所工作,决定出国留学之后,夫人委婉地说过几次。她有个朋友,家里好几个女儿,小女儿漂亮又聪明。哥哥姐姐都在留学,她等毕业就马上出国。后来我们在夫人的牵线下见了面,很快就到了谈婚论嫁的程度。我从开始就向对方坦白了我们家的情况。她的父亲是外交官,曾在很多国家生活,或许是这个缘故,他们对我家的穷困表现得很宽容。他们说只要人聪明就够了。

退伍后不久,我在达谷市场入口偶然遇见了车顺雅。我已经很久没见她了。工作期间我也回过达谷几次,只是没有向母亲打听面馆家的近况。不是故意不问,而是我觉得她的存在本身已经与我的人生无关了。参军之前和她共度良宵,那也没什么了不起。

有一天,她突然打电话到我的办公室。曾经让我心跳加速、腹部焦躁如火的感觉已经没有了,反而缓缓涌上自责感。这些年车顺雅过得怎么样?我意识到自己从来没有想到过她。

下班后，我在市中心的茶馆里见到了她。她穿着工作服似的男式夹克。我看了好久才认出是她。儿时的伙伴久别重逢，又是同乡，我理所当然地请她吃晚饭。她神情黯然。说起近况，我才知道在我参军的这段时间里，她的父亲去世了。面馆已经不在，之前我还不知道。我对她的情况一无所知，她似乎也没有感到失落。我问她还住在那里吗，她说搬家了，不过就在马路对面的社区，和那个社区的人没什么两样。我问她还上不上班，她说前不久辞职了。吃过晚饭，我们没有马上分开，而是去了随处可见的酒吧喝生啤。没有喝醉，却也有了醉意。

你怎么知道我工作的地方？

她严肃地说：

怎么了？你以为你能逃得过我吗？敏宇哥的事，我随时都能打听清楚。

说完，她像往常似的哈哈大笑，带着些戏谑的味道。最后她收起笑容，反问道：

听说你要去留学？

我就不该问这个问题。她母亲和我母亲在市场里来来往往，互相传递消息。我通过留学考试之后，首先就是回家把好消息告诉父母，还跟宰明哥喝了酒。宰明哥的擦鞋铺关门了，后来开了家有模有样的酒吧，还有小姐在旁边陪酒，用现在的话说就是那种音乐酒吧。隔间分出多个包间，还请了乐手。宰明哥在附近很有势力，也有手段，要是没客人反而奇怪了。我还告诉宰明哥，我有未婚妻了。

那天，车顺雅和我喝了很多酒。快到宵禁时间，我们分开之前，她说：

我有件事找你帮忙。

我感觉她在喝酒的时候就有心思了。

你在部队认不认识有权力的人？

什么事？

我认识的人被抓走了。

我也认识吗？

她点了点头。那一刻，我明白了。

你说的是……宰明哥吧？

她低下了头。怪不得她的男式夹克看着那么眼熟。

你们……同居了？

不，没有同居，他很照顾我和我妈。

几天前，辖区派出所主任和警察来到酒吧，宰明哥跟他们走了，现在还没有消息。她和妙顺去警察署打听消息，没有人肯告诉她。唯一打听到的消息是宰明哥被带到了部队。那时全国下达了不良分子搜捕令，实施抓捕后没过多久，三清教育队[1]方案宣告出台。

我在马路上拦了一辆出租车送她。上车之前，她突然把胳膊搭在我的脖子上说：

再见，恭喜你结婚。

出租车走后，我在路边站了很久很久。

虽然我并不情愿，可宰明哥的事情，我总不能袖手旁观。思来想去，我还是在几天后小心翼翼地跟将军提起了这件事。将军听了一会儿，问我和他是什么关系。我说是远房亲戚，他不是强盗，是娱乐场所的老板。他坐在客厅里拿起电话，找到了某个人。将军把我写在纸

---

[1]. 三清教育队（삼청교육대）是1980年韩国的国家保卫紧急对策委员会以"净化社会"为由在军队内部设立的一个机构，因侵犯人权而臭名昭著。——编注

条上的名字和地址告诉对方，简单地说了句好好处理。

　　这件事情过后，我和夫人介绍的女子订了婚，然后去美国留学。我在美国快要完成学业的时候，身为退休外交官的她的父亲去世了。全家人移民美国，我们在纽约举行了婚礼。婚礼很简单，我的父母没来，只有她的娘家人和在美国的熟人参加。

8

冬天,发生那件事之前,我有近一个月没见到金敏宇。他母亲亲自发短信让我去家里玩,可是我没能抽出时间。我的作品总算搬上了舞台,只是票房并不如意,这让我很沮丧,做什么事都提不起兴致。代表匆匆忙忙地撤下我的作品,投入翻译剧的排练。那是个忧郁而漫长的冬天,没有喜悦,也没有希望。金敏宇没和我联系,而我忙于生计,无暇他顾。现在想来,我们之间不存在男女间的激情。他在身边我心情平静，感觉很踏实。除此之外，更深的感情似乎和我相距甚远。

雪下了又停，天空湛蓝。那是个寒冷的早晨，我接到电话。调了静音，手机嗡嗡振动。我看了看屏幕，陌生的号码。我没有理会，随后收到一条短信。某警察署的某某，希望我和他联系。我没做什么错事，却也知道认真对待官府的事总没有坏处。您是郑友姬女士吧？是的，有什么事吗？啊，见面说吧。很重要的事吗？对方分明是不想多说。我听见他的呼吸声。如果您在家的话，我去找您。我也调整呼吸，犹豫不决。对方说只要五分钟就好，让我说地址，马上就来。我说那就这样吧，然后发过去地址。我不想让对方进入家门，于是事先穿好外套。开门一看，门外站着身穿制服的警察。还没等我迈出脚步，他站在门前迅速说道：

您认识金敏宇吧？

是的，怎么了？

他自杀了。希望您能来辖区派出所一趟。

我感觉当头挨了一棒，不知所措。

什么？您刚才说什么？

金敏宇先生死了。

在派出所，对面的警察在笔记本上一行行地记录着我的陈述。我和他的关系只是朋友，不是恋人。打工期间相处得很好，像亲哥哥。大约一个月没见面了。我问有没有联系过他母亲，警察回答说：

我们是怎么知道您的电话号码？他的遗书里写了两个号码。母亲车顺雅女士和郑友姬女士。平时有没有什么异常的地方？

我说他是个很努力，也很积极生活的人，同时打三份工，满怀斗志，非常开朗。接下来该我问了。警察推测他的死亡时间是五天前，今天早晨才发现。现场是忠清北道忠州附近的江边。他的旧卡鲁波吉普车和一辆伊兰特并排停在江边。冬天，离开公路走土路的人也很少。附近村子里的人们以为是偶尔出现的垂钓者，没当回事。一天过去了，两天过去了，三天、四天过去了，两辆汽车仍然停在那里。村民们觉得连续放置几天的陌生车辆有些可疑，于是报了警。警察联系拖车公司。拖车司机到达后检查车辆，发现里面有人死亡。卡鲁波里有四人，前排两人，后排两人。伊兰特里有两名死者。

窗缝、送风口和方向盘下方可以通风的地方都用蓝色胶带封住了。车里滚落着酒瓶和塑料杯,便携式燃气炉上覆盖着烧过的速燃煤灰烬。卡鲁波的驾驶席上坐着金敏宇,旁边是来自安山的同龄男子,后排坐着来自春川的兄妹二人。伊兰特里的一男一女分别来自利川和忠州,从年龄、打扮,以及手机里的合影、视频来看,推测他们是夫妻关系。他们可能是通过最近流行的结伴自杀网站或 SNS[1] 聚会,不知道谁是主导者,可以确定的是车主金敏宇和家住利川的男人带他们来到这里。别说警察,我也不知道这些人是什么关系,无法猜测他们之间有什么因果。分析通话内容的结果显示,他们从几个月前开始互相联系,举行聚会,还发现了他们中的几个人在首尔郊外的酒吧喝啤酒吃炸鸡的照片。

以死亡为目的的聚会是什么样呢?他在遗书里都说了什么?可是为什么……我自言自语。哪有什么为什么?我也无数次想象过自己在房间里如熟睡般死去。就

---

[1]. SNS,全称 Social Networking Services,一般特指社交网络服务(社交软件和社交网站)。——编注

这样睡去，不再醒来就好了。只是想想而已，睁开眼睛，一天又一天，生活还是坚韧地继续。

验尸结束，尸体交给家属。正如大部分自杀者的家属，他们省略了葬礼程序，直接去往火葬场。既是因为尸体已经开始腐烂，也是出于对暴死者不加礼遇的传统，家属只想安静而迅速地处理。

我找到金敏宇母亲的电话号码。阿姨，我是友姬。她的声音很沉稳。这个混账东西。骂过之后，她良久无言，然后问道：你能过来一下吗？我按照她说的去了首尔西北部京畿道某偏僻山脚下的市立升华院。旁边是追悼公园和骨灰堂，还有看上去像医院、镶嵌着大理石的建筑物。不一会儿，我在休息室里见到了金敏宇的母亲。通过警察和这里的遗属名单，我知道了她的名字——车顺雅。母亲接过序号，等待儿子的火葬。那里有十几个焚化炉，电子屏上浮现出正在焚化者的姓名和号码。我拉着她的手，静静地坐在旁边。时间到了，电子屏上显示出他的棺材进入焚化炉的信息，负责人确认家属身份之后，带我们到焚化炉前。耐热玻璃窗里，火焰在熊熊燃烧。她没有哭，只是注视着火焰。

几分钟后，我们跟随向导来到铺着骨灰的木板前。工人把骨灰倒入网状的东西里面，挑出剩下的骨头加以粉碎。我们带着盛在小花瓶似的瓷罐里的金敏宇残骸，前往幽宅山撒骨灰。周围的小山上还有白花花的残雪，每走一步，都有冰冻的土块在脚下粉碎。这些事只用了一个小时。他的母亲用毛线围巾裹住头和面部，让我陪她回家。

在出租车上，在地铁里，我们都没有说话，沉浸在各自的思绪里。回家路上，她去社区市场买了水果、猪肉、米肠和鱼饼，还有两瓶烧酒。到了公寓，明明和以前一模一样，却莫名地感觉到冷清。她拿出买来的东西，放在摆放祭物略显简陋的餐桌上，又把一瓶烧酒慢慢地倒入铝壶。

不能给子女办祭祀，只能默念往生极乐吧？

她泰然自若地说着，还冲我笑了笑。

没有可以做遗像的照片，只当敏宇这小子站在窗前吧。

她拿起酒壶往杯子里倒酒，朝着窗边的虚空说道：

喝一杯吧，还有你喜欢的米肠。

说完她低下了头，闭上眼睛。我也跟着金敏宇的母亲默念。我先抬起头来。她仍然低着头，脸上的泪水涔涔滴落，一滴一滴落上餐桌。我屏住呼吸，沉默了许久。我茫然地注视着餐桌上迅速膨胀的泪珠。她抽出纸巾，擦了擦脸，擤了擤鼻子。啊，她长长地叹了口气，抬起头来。

好了，现在我们也从人性的角度喝杯酒吧。

金敏宇母亲表现出甩掉过去的样子，模仿我平时的语气说道。从人性的角度来说太悲伤了。我动不动就说，从人性的角度来说太过分了、从人性的角度来说肚子饿了、从人性的角度来说好讨厌、从人性的角度干杯，我习惯随时随地加上"人性的"这几个字。我第一次来金敏宇家的时候，她模仿我的语气，觉得很有趣。我拿起酒壶，给她倒酒，也给自己倒满。我们互相对视，一饮而尽，然后再倒满，喝光。她打开在车里发现的儿子的背包，从手机、衣服和杂物中翻出遗书，递给我。那是从笔记本上撕下来的纸。前面是信，后面写了母亲车顺雅的地址和电话，还有我的电话号码。我恍惚地接过纸条，茫然地盯着看。

母亲，对不起，我不能陪您到最后了。我想把笔记本电脑拿回来交给您，可是忘在考试院了。您去拿回来吧。那是我拼命工作赚钱买的。

我攒的钱都存到您的存折里了，虽然不多。您用这些钱做个体检吧，一定。也带上友姬。感觉她身体不太好。那个地下室，应该搬出来才好，可是……我帮不上忙，请向她转达我的歉意。

母亲，我爱您。

我的眼泪姗姗来迟。讨厌的家伙，临死还在操心别人。在火葬场，我好像还没有真真切切地感觉到他的死亡，一滴泪也没流，甚至有点儿不好意思。现在，我的泪水却像开闸的洪水流个不停。从字体来看，他应该是在车里写的信，让我想起他故意保持职业化语气的木讷嗓音。我接连喝光了几杯酒。母亲问：

你喜欢过敏宇吗？

我没有回答。她看了看我，凄凉地说：

你要是爱上敏宇就好了。

9

　　大东建设的林会长因涉嫌贪污渎职等罪名而被拘留。几天前我听崔胜权说过,已经知道了,不过看了电视报道后,我才了解具体的嫌疑内容。成功出售汉江数字中心,推进新项目的过程中,他以新收购的公司做担保,获得了巨额贷款。这给大东建设造成了巨大的损失。为了提高公寓和数字中心商街的出售率,他动用本公司资金制造"幽灵中奖者",介入销售。这一切都是为了盲目扩张自己的生意和筹集"亚洲世界"的资金。我能猜出他参加清晨礼拜时会向上帝祈祷什么。我也急切地盼望他的祈祷变成现实,不是吗?

来到办公室,宋室长小声说道:

有客人来了。

客人?谁,什么事……

宋默默地打开我房间接待室的门。两个正在喝咖啡的男人犹豫着站起身来。

冒昧来找您,很抱歉。

身穿正装的男人递过名片。我看了看,原来是辖区信息科的警察。宋转身要离开,我阻止了他。

你也坐下吧。

他们迎面注视着我,询问大东建设的汉江数字中心设计的有关过程,还问了"亚洲世界"策划方案是不是由我们制订。我有点儿不耐烦,不过没有表现出来。我回答说:

我们只是根据建筑商的要求绘制图纸而已,您不是需要什么设计图吧?

跟随正装男人来的夹克男人说:

经过调查,"亚洲世界"纯粹是个骗局,为了筹集资金而抛出的诱饵。

我决定不予理会。

这是正式的取证调查吗?

不,不是的。

正装警察摆着手说:

只是社会上质疑,我们来寻求帮助。如果"亚洲世界"的策划方案由这里制订,我们想看看相关资料。

我转头看着宋室长,问道:

是我们这里吗?

策划方案和宣传图片等,网上应该有了吧?

进入代表室之前,我轻轻打开门说:

我还有事要忙,先失礼了。

不一会儿,宋送走他们,回到办公室。

碍于面子,我给了他们一个信封。现场经验丰富的宋室长自言自语道。他显得漫不经心,我却突然面红耳赤。整个上午我都坐立不安。我想起李教授的话,他让我放下全部。电脑屏幕上显示着谷歌地图,我环视着山脚和海边的地形和土地,突然想到,我也许不是在找安度晚年的住宅用地，而是在看墓地吧？心情平静下来。我眼前的时间、人和工作都不多了。有五封新邮件。有一封的题目是"狗尾草"，我点开看了看，果然是车顺雅发来的。和上次一样，只有几句简单的问候，还有个附件。这次她没有叫我朴老师，而是使用了"你"。这让我有种柔和、亲密的感觉。

朴敏宇：

春天第一次听到你的消息，不知不觉浓绿的树叶已经褪色，日暮时分的凉风让人忍不住扣起衣襟。按照时间来算的话，我们的年龄恐怕就是这个时候吧。就像随着时间流逝褪色的记忆，我们年轻的时光也只剩下相册里的褪色照片了。尽管这样，和你相遇的瞬间在记忆里，依旧历历在目，最近变得越发清晰。

你不必有压力。这个年龄就是这样，容易陷入回忆。儿子离开后，我以为这个世界上只剩我孤身一人了。我感到恐惧和可怕。没想到你就这样出现在我面前。我再说一遍，你不要有压力。这只是我的想法。感觉就像遇到了小时候走丢的亲哥哥，只是这样的感觉而已，并不是期待和指望你做什么。

如果能像现在这样偶尔通过邮件和你回忆往事，我就很满足了。如果你不想，今天就是最后一次，我不会再给你发邮件了。我只想痛痛快快地告诉你，你离开之后，我是怎样过来的。只有这样，我才能摆脱那个贫民区。不，想要摆脱那儿的人是你。我……其实，很怀念那个地方。

我打开附件。车顺雅说她怀念那个地方，现在她好像还留在那儿。仿佛是在车顺雅的引领之下访问那个社区，我陷入了活生生的故事里。她说起自己被大块欺负，我时隔很久回到贫民区的情景，不知为什么，感觉她像是在责怪我没能陪在她身边。那件事之后，她说她就待在晾面条的阁楼里看书。安慰她、哄她的人也是宰明哥。每当有好电影上映，他就默默地让贴海报的孩子去送电影票，只要是面馆家的事情，他都会挽起袖子冲上前帮忙。

我知道他离开这里之后就不会回来了。想到自己在他面前的狼狈模样，我并不想和他见面。我知道他偶尔回来，不过我藏起来了，生怕和他相遇。幸好他也没有找我。

我就这样蜷缩在家。一年多的时间里，宰明哥打着各种各样的幌子出入我们家。他站出来教训大块。因为这件事，大块彻底从社区里消失了。这些我都听说了。宰明哥对我父母也很好，像亲生儿子似的。像我这种情况，朴敏宇这样的男人真的合适吗？没有人像宰明哥这样了解我的处境，理解我，爱惜我。

我听说了敏宇参军的消息。为了放下他，我决定接受宰明哥。当我决定陪宰明哥回他的老家，为他父亲扫墓的时候，我才意识到将来我要在这里和这个人终老。这个想法让我绝望，想要逃跑。我不知道自己是出于什么想法去找了敏宇。话筒里传来的声音带给我的不是欣喜，而是慌张。我已经后悔了，可是无法挽回。无论如何，我一定要和他见个面。见到他以后，我不知道有多么慌乱。我让他请我喝酒。如果这时候起身离开就好了。我已经颓废到无以复加的地步。我自认为这是以我自己的方式和他告别的仪式。第二天和他在街头道别，我忘了坐公交车，走了好几站地。我边哭边走，路过的行人向我投来异样的目光。我喃喃自语：再见了，朴敏宇，你被我甩了。那天，我就这样送走了他。

父亲去世后，我们家的面条厂关门了。从和面到压面条，操作机器的工作很繁重，母亲不可能独自完成。

对我来说，宰明哥和丈夫没什么两样，只是没举行婚礼而已。在他的帮助下，我们买下马路对面社区入口拐角处的房子，开了家杂货店。我辞职帮着母亲看守店铺。宰明哥隔几天来我家一次，在我的房间里过夜。我从他那里听说了敏宇和未婚妻出国留学的消息。几个月后，宰明哥被抓走了。辖区内有人数指标，平时认识的人也有被抓走的。我最不想的就是找敏宇，可是我找不到别人可以帮忙。

一个月后，宰明哥回来了，瘦得像干明太鱼，疲惫不堪。用了一年多时间，他的身体才恢复到以前的状态。为了照顾他，我开始和他同居，后来生了个女儿。但是，宰明哥没有恢复到从前的快活和乐观。他被三清教育队带走的日子里，不光身体，精神也彻底崩溃了。他说以后不想再开酒吧了。稍微恢复活动能力之后，他出门去见以前的贫民区朋友。很久之后我才知道，他开了赌场，也接触了毒品。秘密赌场名义上叫会所，其实是雇用专业赌徒，吸引有钱的庄家，从事欺诈赌博。起先他说要买进口二手车，给我买首饰，又谎称做酒类批发，我以为是真的。没几年，不同派系之间打架，死了人，他被逮捕，因为组织犯罪团伙而被判处十五年有期徒刑。

他入狱后没多久，女儿因麻疹去世。我没有告诉他，他不知道听谁说了。有一次我去探望，他拒绝和我见面，通过教官给我传了张纸条。以后不要再来看我了。孩子没了，你去寻找新生活吧。后来他申请转狱，换到了别的地方。我又去了，可是他最终也不肯见我。

母亲独自照看店铺，过着凄凉的生活。我回到母亲身边生活了三四个月，一个男人怯生生地走进店里。他是分期付款的图书销售员，比我小三岁，稳重而谨慎。分期付款图书销售员不算什么好职业，不过也是他高中毕业做过各种事后好不容易才找到的工作。我本来就喜欢看书，他拿出的三十卷世界名著全集吸引了我。如果需要一笔付清全款，像我这样的情况做梦都不敢想，不过分十个月还清，我就连他蹩脚的劝说都不需要了。轻轻松松做成了生意，他兴高采烈地回去了。从第二天起，他开始以分期付款为由出入我们家。如果他只是个卖书人，我不会跟他离开那里。他也喜欢读书，陆续把他负责销售的书带给我。就像曾经的敏宇，他也会和我阅读同一部作品、讨论，也会因为意见不同而争吵，渐渐地有了感情。凭他的性格，想要以卖书为生并不容易。我去了他的故乡仁川，和他一起用小卡车卖鸡蛋，也卖蔬菜水果，就这样开始了新的生活。

后来她生了个儿子。十几年里，她没有什么大的欲望，过得还算幸福。丈夫不懂变通，但是踏实本分，从短租的单间搬到了整租房，也攒了点儿钱。不料儿子十岁那年，丈夫出车祸受重伤，一分钱的赔偿也没有拿到，卧床不起，欠了很多债，最后撒手人寰。她的人生再次跌入谷底。她独自帮别人做家务、到餐厅打工、做保洁，什么活儿都做过。即便这样，赚来的钱也勉强够付利息。为了工作，年幼的儿子常常被独自留在家里。幸好儿子的品性随父亲，没出什么差错，乖乖地长大。学习方面没有太高的天分，考了专科大学，毕业后没有成为正式职员，不过也算进了大企业。儿子被解雇之前，在拆迁区担任劳务管理科长助理。她淡淡地记录着儿子有多么诚实、多么努力地生活。就在她记录儿子和劳务人员作为开发拆迁组成员工作的部分，我短暂地停了下来。对我来说太过熟悉的场景仿佛在眼前重现。我的心情很郁闷。奇妙的感觉袭来，仿佛我们被看不见的绳索微弱地连接起来。儿子被解雇后辗转各处做兼职，去年冬天自行了断了性命。读到这里，我只用了一个多小时，然而她几十年波澜壮阔的人生就随着我的一个小时流到了过去。

她说乘公交车的时候，偶然在市政府门前的横幅上发现了我的名字。附件的末尾，她这样写道：

> 我在照片上看到了你衰老的样子，心里七上八下。孩子去世后，我去了遗忘已久的达谷市场。我们曾经生活过的痕迹全部消失不见了。你父母的鱼饼店、我家的面馆、公用水龙头、宰明哥的擦鞋铺、电影院、天桥，等等。我甚至怀疑我们生活过的那个地方从来就不曾存在。四十多年就这么过去了，太快了。一起生活过的人，以及后来出生的人们如潮水般在街头来来往往……
>
> 啊，我忘说了，我给我的孩子取名叫敏宇，金敏宇。我希望他能像我们这样，即使艰难，即使贫穷，也能幸福。可是啊，我们到底做错了什么？为什么要把我们的孩子变成这个样子？

车顺雅的信到这里就结束了。毫无来由地，我感觉她在指责我。这封信太短了，不足以记述某个人的一生，而且夹杂着我的部分生命。透过字里行间，我的眼前浮现出停留在时光里的场景和面孔。复杂的心情让我站起身徘徊，在窗边伫立良久，感觉身体在渐渐消失。四肢软软地消失了，只剩躯干，继而下半身也不见了。我望着像拍重影的照片似的浮现在窗外风景之上的上半身。你是谁？他问我。

您不接电话吗？

女职员推开我的房门问道。我这才意识到办公桌上的手机在响个不停。我拿起手机，问道：

有没有烟？

职员拿来烟和火柴。我先点着火，深深地吸了一口。大概是因为很长时间没吸烟了，只觉得天旋地转，我一屁股坐到椅子上。打来电话的人是李永彬教授。我先开口：你在哪里？今天做什么？他说他家老二快结婚了，要给我寄请柬。我请他晚上一起喝酒，他稀里糊涂地反问：有什么事吗？他说今天有点儿困难，明天怎么样。我说可以，再联系，然后挂了电话。烟抽到过滤嘴，都快烧到嘴唇了。慵懒而眩晕，我任由自己坐着发呆。

盯着电脑屏幕看了一会儿，我在搜索窗口输入"城市再开发"。海量的信息汹涌而出,照片和文字纷纷闪过。我带着妻子和女儿留学归来已经十年,如今年过六旬。我在美国做过几个国际项目,对业务渐渐熟悉,回到贤山建筑公司担任室长,赶上了建筑黄金期,公司规模越来越大。二十世纪九十年代中期,我和尹炳九开创的住宅环境改善事业现场以照片形式浮现于电脑屏幕。三丰百货商店倒塌[1]也是在那个时期。近代化期间的建筑安全度评价当中,将近八成的建筑物被认定为不合格。即便是合格的建筑,也需要改建或修理,然而在设计、施工和竣工过程中发生的偷工减料和不正当行为却没有改正,反而成了扩大新市场的途径。那时候,我创办了自己的公司,烤地瓜炳九进入政界。不过十几年前我参与过的城市开发产业的过去和现在,连同照片都保留下来了。

我看见了覆盖整座山的低矮的石板屋顶,看见了错综复杂的狭窄胡同和聚集在小店门前的孩子们的笑脸。

---

1. 1995 年 6 月 29 日发生的重大建筑事故。由于建筑结构不合理、偷工减料等原因,三丰百货由楼顶出现裂缝开始崩溃垮塌,造成 502 人遇难,937 人受伤,财产损失达 2700 亿韩元。——编注

他们从日久生情的村庄被赶出来,现在在哪里,又以什么为生呢?那些密密麻麻如同岩石上的贝类外壳的土房子消失了,巨大的水泥山似的公寓高耸入云,犹如壁垒。倒了半截的房子和废墟上生锈的废弃轿车的外壳伫立在原野的边缘,人烟稀少的胡同里肆意生长的杂草长成了草丛,犹如遭到轰炸般塌陷的建筑物角落,一只失去主人的瘦骨嶙峋的狗在踱来踱去。主要由妇女带头的反拆迁居民示威队举着歪歪扭扭的牌子,高声呐喊。我和炳九去现场检查,远远地看到了这道风景。拆迁人员驱散他们,让推土机和挖掘机进场之前,我们总是慌忙驱车离开,不忍心继续观看。

啊,对了,终于看到我住过的村庄最后的模样了,那也是我熟悉的公司负责的项目。父母早在开发之前就离开了那个村庄,所以我从来没想过那里会变成什么样子。如果不是和车顺雅有关,恐怕到现在也依然被我忘在脑后。我看见进入熟悉的达谷市场的十字大街,看见了熟悉的建筑和招牌。某个小店门前,妙顺和顺雅并排而坐,玩抓石子游戏,我和宰明、宰根兄弟俩玩斗鸡。照片上的孩子都不认识,不过他们也都是在相同的空间里，怀揣着我们曾经有过的梦。

我的回忆不同于别人，并不是自己和家人共同生活的往事。我的回忆只是将居民们的回忆彻底推开、席卷和抹杀的过程。从我们咨询组创建的协会到设计企业和拆迁劳务公司，再到施工单位和区政府、区议会，甚至政界，我对这个食物链了解得清清楚楚。通过无数的会议、宴会、高尔夫聚会、商品券、名牌产品和现金等达成了详细的报告书、明细表和收据，如此等等，我和尹炳九会长都很清楚。尹炳九成为国会议员，再度参加选举，后来因为曝出丑闻而中途落选，不过我还是多次帮过他的忙。不，我们常常是彼此需要。现在，烤地瓜炳九已经成了植物人，远离尘世喧嚣，正在他出发的灵山邑，睡在所有消失的记忆里。很长时间内，我只是庆幸自己逃离了贫民区简陋而龌龊的生活。就像走过那个时代的所有人，我们都觉得自己没有落伍，现在过得很好。

点开邮箱界面，重读车顺雅邮件的结尾。

我们到底做错了什么？为什么要把我们的孩子变成这个样子？

我点击"回复",给车顺雅写信:

　　谢谢你还记得我这个老朋友。虽然已经很迟,可是,如果可以的话,我希望我们能见面。日期、时间、地点随你定。期待你的回复。

10

我想喝茶，就把茶壶放在燃气灶上，然后坐在书桌旁，用便利店带回的三角紫菜包饭当早餐。剩下两块打算睡醒之后再吃。打开笔记本电脑，画面上显示出齐刷刷的文件夹。既有下载的电影文件夹，也有英语会话，还有以前写的话剧剧本、照片文件夹，等等。最近打开最频繁的文件夹是"狗尾草"和"黑衬衫"。我像往常似的先上网浏览主要的新闻报道。视野里映出大东建设林会长因涉嫌贪污渎职而被拘留的报道。我大概看了看，然后查收邮件，一封来自姐姐，另一封来自小剧场代表，邀请我合作下部作品。朴敏宇先生也发了邮件。他提议见面，我真切地感觉游戏结束的时间应该到了。

金敏宇死后的很长时间里，每个周末我都去富川陪他母亲。我们算是相依为命吧。金敏宇的缺席无可挽回地打乱了我的生活，仿佛他的死是我的责任，我对自己不冷不热的态度深感自责。不过这是暂时的，金敏宇的母亲也是这样。活着的人毕竟还要活下去。她和我一起吃吃喝喝，一起说说笑笑。用我们年轻人的话说，她很酷。尽管年龄跟我妈妈差不多，我们之间却有着朋友的亲密感。她有着文学少女般的纯真，又像孩童般没有心计，不管怎么说，这让我们很聊得来。

他走之后，季节变换。某个春暖花开的日子，我们去市中心喝啤酒。她说起十多岁时遭遇性侵的往事，若无其事地仔细回忆当时的情景。我看见她在笔记本上写什么东西。最近她让我教她用电脑，然后在儿子留下的笔记本电脑上打字。她说她从女高毕业后当会计的时候学会了打字，如今派上用场了。她说这话时心满意足。

我说派上什么用场了。她回答说：

就是手记啊，对我是安慰，也是督促。是的，你挺过来了，你过得很好。

我马上就明白了她的意思。痛苦难过的时候写日记，或者给人写信，有时会陷入更深的自我怜悯，不过也会有自愈的感觉。有一天，她一见我就兴奋地说，她小时候认识的人在市政府演讲。她讲了自己以前住在贫民区的往事，有关他的故事也和盘托出。听着听着，我忍不住问：

所以说，敏宇的名字跟这个人一样，那敏宇的父亲会不会……

她笑着说：你想写连续剧吗？

跟我去听演讲吧。说不定他会很开心。

她摇了摇头。

我这么胖，会让他失望吧？

说完她看了看自己的打扮，叹了口气。

早在很久以前，他就不属于我的世界了。

演讲那天，我没有告诉她，径直去找他了。等到演讲结束，我把写有金敏宇母亲名字和电话号码的纸条

交给了他。后来我把这件事告诉她,她第一次严肃地责怪我:

你怎么会有这么无聊的想法?

为了躲避她的愤怒,我想了个主意,提议和她打赌。

别胡说了,就算他来电话,我也会说打错了。

反正只要他打电话过来,我就赢五万元。

不,十万元!

真的吗?如果他打来电话,您就给我十万,这是真的吧?

我已经把这件事忘了,有一天,她突然半夜打来电话,声音带着醉意。她说朴敏宇打电话了,可是没有接到,对方发了短信。她不是酒鬼,不过自从剩下她自己之后,常常依赖酒精。我提醒她不要独自喝酒,注意血压。她懒洋洋地说,酒可以缩短时间,不论白天黑夜都过得很快。我又说了些担心的话,她心不在焉地回答:

睡啊睡啊,趁着夜里跟世界说再见,这是最大的福分,要是这样多好啊。

我本打算周末去找她,要她给我十万元。不料,便利店打工生突然辞职,我只好临时替补,没能休息。下周又临近演出，彩排的事让我忙得焦头烂额，连打电话的时间都没有，只能互发短信。有一天，她发消息说终于和那位建筑师通话了。我催问有没有约着见面。她说不想见面。

好像是演出前一天，早晨做完便利店的工作回家，我在路上收到了她的最后一条短信：

> 下班了吗？今天辛苦了。听说明天开始演出，是吧？如果明天我去不了，后天一定去。有段日子没见，想你了。

那一周，下一周，她都没来看演出。

她留下几样东西，我带回了自己的房间。儿子去世几个月后，她就急匆匆地追随儿子而去。像她开玩笑说的那样，趁着夜里跟世界道别，迎来最有福分的死亡。死在家里，死在被窝里，死因是脑中风。

最早发现她尸体的人是我。话剧演出到第三周，下一周就落幕了，她还没来，也没有消息，于是我给她打电话,却总是关机,发短信也没有回复。我心生疑惑,从便利店下班后直接去了她家。筒子楼门上贴了各种传单,中餐厅和附近饭店的宣传菜单,等等。我按了门铃,里面传来鸟叫声。见没有反应,我继续按门铃,还是只有鸟叫声,仿佛那就是对我的回应。我知道门锁密码——金敏宇的生日。

门开了,令人不悦的气味扑鼻而来。我打开灯,最先映入眼帘的是厨房兼客厅里的餐桌上喝剩的烧酒瓶和啤酒瓶。打开唯一的房门,地上铺着被子,被子角露出湿皮革似的灰色脸庞。我捂着嘴巴,不知所措,然后跑了出来,报告给管理室。警察来了,第二天进行了简单的验尸。正如金敏宇出事的时候,迅速进行了例行处理。一个人从人间消失并不算什么大事。每个地方,每一天都有人死去或出生。死也好,活也好,也都只是日常罢了。

警察问我是不是直系亲属,我说我是她儿子的未婚妻,并以此为由带走了金敏宇留下的笔记本电脑。我还带回了装在零食盒和衣服箱里的五本厚厚的笔记本和相册。直到把相册带回家,我才觉得毫无必要。那些照片很难处置。我想，早晚有一天我会去金敏宇的死亡之地，忠州的冷清江边，把那些照片烧掉。

从她家带了几样东西出来，我注意到放在门外过道上的空花盆里长了很多狗尾草。因为放置太久，已经像芦苇似的褪色变黄了。我断定那不是她有意种在花盆里的狗尾草，应该是随风飞来的种子，落地生根发芽。狗尾草长得那么茂盛，应该浇过水吧。

最近我沉迷于她的手记。她记了很多很多。不知道她是什么时候把那么多的手记转到了笔记本电脑里，足足整理了有大学笔记本那么厚的内容。手写的句子比较粗糙，存在笔记本电脑里的应该经过了修改，稍作润色，出版成书也未尝不可。有一天，我在读手记的时候，突然冒出了奇思妙想。这些手记的第一读者应该是那个人。

我特意抽出时间，像写概要似的简缩了大量的文字，并以她的名义和他接触。我对他已经有了很多了解，每天都会通过网络浏览几次有关他的报道和信息。给他写信的时候，我就变成了贫民区的车顺雅。有一次，我还梦见自己拉着他的手走出这间地下室。从便利店回来，写着写着睡着了，暴风雨袭来，泥水从半地下台阶涌进来，房间瞬时被淹没。我苦苦挣扎的时候，金敏宇伸出手来，叫我快点儿出去。我拉着他的手，好不容易逃出来，可我发现他不是金敏宇，而是朴敏宇。

现在，我该走下舞台了。我给朴敏宇回信。郑友姬和车顺雅争先恐后地跳出来。打字的瞬间，我自然而然地成了车顺雅。致朴敏宇，我也很想和您见面……

我提前一个小时到达约定场所，东张西望。我不知道这个地方以前是什么样，不过我能感受到从金敏宇母亲的文字中看到的情趣。山坡上密密麻麻地排列着城堡似的公寓，冒出枝条的高大阔叶树上稀稀落落地挂着变红的树叶，松树、冷杉等常绿树木在沥青人行道旁整齐排列。路上落满各种颜色的树叶，孩子们和雪白的宠物狗嬉戏玩耍，大声欢笑。

沿着公寓区的斜坡下来，我走进大路边的宾馆，听说这里曾是电影院。我来到顶层的休息室，坐在窗边最靠后的位置。这是我刚才环顾四周的位置，也是我看好的座位。窗外是屏风似的公寓，遮住山麓。

约定时间到了,朴敏宇来了。他没系领带,穿着深灰色的西装。他四处环顾的时候,我低下了头,试图回避他的视线。他也来到窗前,站了一会儿,凝望着外面的风景。也许朴敏宇在寻找昔日的痕迹。见他站着,服务员过去说了句什么,想帮他找座位。他慢慢地坐下了。我正好看见他灰白的头发和光秃秃的头顶,弯曲的肩膀使得西装后背隆起。上了年纪的男人,背影总是让人感觉凄凉。他看了会儿窗外,好像突然想起了什么,转头去看入口。他面朝过去而坐,他的过去就是我的现在。他挽起袖子,看了看时间。已经超过约定时间二十分钟了。我站起身,朝他走去。从他身旁走过的时候,他的手机铃声响了。我听见了他的声音:

对,是爸爸。你还好吧?

我静静地走过他身边,走出门外。我不知道他在那里坐了多久。应该不用很长时间,他就会明白,再等下去也没有用。我也不知道还要在车顺雅的世界里活多久。直到现在,这样的生活让我有力量坚持下去,而且还有故事没讲完。这是我的故事,也是车顺雅未完的故事。

* * *

女儿说今年想来韩国过冬。她的丈夫赶上疗养年休息,也想来韩国。我不经意地问了句:妈妈呢?只有我们俩。女儿沉默片刻,用埋怨的语气说:爸爸也真是的,怎么一次也不来看我们。

通话结束,我又等了大概三十分钟,车顺雅还是没来。我想要不要再等会儿,可是转念一想,这是多么没有意义的事情,于是站起身来。明明是她把见面场所定在这里，为什么又不出现呢？

来到外面，天色已暗淡下来。路边的树下，落叶四处滚落。不合时宜的狗尾草变黄了，在风中摇曳。

你看看这个，阿姨说这些都是草。这个比草坪颜色要浅。草坪都是互相纠缠，而这个呢，只要用锄头一耙，嗖嗖地就拔掉了。

我看见妻子在草坪里拔草，像有什么伟大发现似的长篇大论。我坐在太阳伞下，心不在焉地往那边看了看，视线投向妻子正在看的报纸。

这种草繁殖力强，要是不管的话，还会毁掉草坪。像这里，草比较稀疏的地方，都是因为这种草。

每到夏天，妻子就坐在院子里拔草，发牢骚。从美国回来做建筑设计将近十年，我才在首尔近郊的新城购置土地，建起我亲自设计的住宅。妻子本来不喜欢坐在院子里拔草，更不喜欢手上沾满泥土，然而邻居的妇女们每到春天都要三三两两地买花种花，她与生俱来的好胜心被调动起来了。妻子原本就是干净利落的性格，也有给邻居看的成分，她又眼睛里容不得沙子，有要种就要种好的性情。曾经有段时间,妻子痴迷于打理庭院,从花卉园区买来珍贵的野花种植。虽然院子只有巴掌大小,不过打理起来也很费工夫。

我以忙碌为幌子,建好房子之后很多时间都在外面度过,对院子的事毫无兴趣。妻子说:既然这样为什么要搬到独栋住宅,你知道深夜独居有多可怕吗?妻子的不满越来越多。

我突然想到,我们是从什么时候开始在院子里修草坪的?我们的院子本来铺着砂石,或者直接就是泥土地面。我们在围墙底下打造了小小的花坛,种植草杜鹃、凤仙花、翠菊、绣球花,或者开垦成宅边地。草坪并不适合我们国家的气候,而且铺设草坪的通常是墓地。不知从什么时候开始,院子里铺草坪已经成为中产阶层的象征。有一天,我站在院子里想:什么时候我们可以清除草坪,铺上砂石呢?正在这时,我发现院子角落的花丛中冒出几棵毛茸茸的熟悉的小草。前来干活儿的大婶和妻子没有彻底拔掉的草,终于露出了真面目。那是狗尾草。我本想拔掉,却又没行动。狗尾草和特意种植的鲜花共同生长,看起来也不错嘛。

妻子和我并没有在那个房子里住太久。耐不住妻子的软磨硬泡,我们搬到了当时颇受欢迎的江南公寓型高层写字楼,而我和妻子的关系渐渐恶化到了难以恢复的程度。妻子经常去女儿那里,我搬到了现在的联排别墅。我从来就不喜欢高层写字楼,当然对现在住的房子也不满意。我在电脑上打开地图,寻找新的住宅地,想象着在合适的地方盖房子。这是我近来唯一的快乐,可是没有家人与我同住。

我呆呆地站在马路中间,像个不知何去何从的人。

作者的话

几年以前我看过有关全泰壹的纪录片,他的家人和朋友站出来为他做证。

和平市场工人全泰壹的自焚抗议是众所周知的事实,同时剪辑的老胶片里流出的和平市场周边街道和人们的衣着打扮让我想起那个时代。

制片人竟然找到当时在和平市场雇用全泰壹的老板,让他出现在纪录片中。头发花白的老人穿着衬衫,坐在普普通通的公寓沙发上说:

我也很难,当时我就靠几台缝纫机起步。

记者问到得知全泰壹死亡消息时的感受,他低下了头。

当老人抬起头的时候,摄像机捕捉到了他眼角的泪痕。

他说自己完全不了解他们的情况,如果知道的话,应该对他们再好点儿。

尽管只是短暂的瞬间,却又好像展示了我们所到达的现在的时间。他大概一辈子都不会忘记,这将成为他平生最大的悔恨。

个人的悔恨与社会的悔恨都会留下痕迹,然而就在经历之时,两者本是一体。这点我们以前没有意识到。

上一代的过去变成业报,构成了年青一代的现在。

艰难的时代正在到来,我们应该及时地回顾过往。

这才是关于"模糊的旧爱之影"[1]的故事。

2015 年 11 月
黄晳暎

* 文中主人公的前辈金基荣的故事来自已故建筑师郑基庸的逸闻。

1.《模糊的旧爱之影》是著名韩国诗人金光圭(1941—)的诗集。——译注

图书在版编目（CIP）数据

日暮时分 /（韩）黄晳暎著；徐丽红译. -- 北京：中国友谊出版公司, 2024.7（2024.12 重印）
ISBN 978-7-5057-5715-8

Ⅰ.①日… Ⅱ.①黄… ②徐… Ⅲ.①中篇小说—韩国—现代 Ⅳ.①I312.645

中国国家版本馆 CIP 数据核字（2023）第 172660 号

著作权合同登记号　图字：01-2023-3759

해질 무렵 © 2015 황석영
All rights reserved.
Original Korean edition published by Munhakdongne Publishing Corp.
Simplified Chinese translation rights arranged with Munhakdongne Publishing Corp.
Simplified Chinese translation copyright © 2024 by Beijing Xiron Culture Group Co., Ltd.

书名	日暮时分
作者	［韩］黄晳暎
译者	徐丽红
出版	中国友谊出版公司
发行	中国友谊出版公司
经销	新华书店
印刷	三河市中晟雅豪印务有限公司
规格	787 毫米 × 1092 毫米　32 开 6.25 印张　87 千字
版次	2024 年 7 月第 1 版
印次	2024 年 12 月第 3 次印刷
书号	ISBN 978-7-5057-5715-8
定价	52.00 元
地址	北京市朝阳区西坝河南里 17 号楼
邮编	100028
电话	（010）64678009

如发现图书质量问题，可联系调换。质量投诉电话：010-82069336